AF140701

Neue
Welten

... wem die Sterne leuchten

Freundschaft

Dein Leid,
mein Schmerz.
Deine Trauer,
meine Tränen.
Dein Zweifel,
mein Zuspruch.
Dein Partner,
mein Tabu.
Dein Glück.
meine Freude.
Deine Meinung,
meine Toleranz.
Deine Zuneigung,
meine Liebe.

Frühling in Zodiac. Das Königreich ist getaucht in ein Hellgrün, so das dem Betrachter die Augen schmerzen, wenn er den Blick über das Land streifen lässt. Nur die Gipfel des westlichen Gebirges behalten ihr immer während des Grau. Die Felder liegen noch brach nach dem langen Winter. Sogar etwas Schnee ist hier und dort noch zu erblicken. Die Felder sind gesäumt von hohen Bäumen. Weitflächige Wälder liegen zwischen Orten und Städten.

Hier und da fangen aber die Bauern schon an, ihre Gerätschaften für die Feldbestellung aus den Nebengelassen ihrer Höfe zu holen.

„Mate? Geh, hilf deinem Vater. Er will den Pflug aus der Scheune holen."

Mates Mutter trug zwei Eimer Wasser über den Hof und rief dem Jungen die Aufforderung im Vorbeigehen zu. Ihr langer schwerer Rock wölbte sich über ihren dicken Leib. Ihr Anblick verkündete jedem, der es sah, dass die Frau bald gebären würde. Ihr langes Haar war im Nacken zu einem Knoten gebunden. Sie hatte schöne sanfte Gesichtszüge. Ein paar Falte zeigten sich auf der Stirn. Das Leben einer Bauersfrau ist nicht leicht. Aber sie würde niemals klagen, auch nicht über schwere Arbeiten in ihrem Zustand.

Der Junge war nicht begeistert über die mütterliche Anweisung. Lieber hätte er noch länger an seinem neuen

Rindenboot geschnitzt. Aber mit acht Jahren war er alt genug, leichtere Arbeiten an der Seite seines Vaters zu erledigen. So fuhr er sich mit der freien Hand durch das strubblige blonde Haar, stand auf und ging zum Vater.

Die Eltern waren schlichte Bauern. Ein wenig Land, das die Familie recht gut ernährte und ein paar Stück Vieh zum Schlachten machte ihnen das Leben nicht all zu schwer. Neben Mate gab es noch den älteren Sohn Urs. Urs war zum Markt gefahren um Schleifsteine zu kaufen. Er wurde nicht vor dem Abend zurückerwartet.

Eigentlich ging die Familie immer zusammen auf den Markt, aber dieses Mal nicht. Es war Ende April, bald würde die Mutter ihr drittes und damit ihr drittes im Sternzeichen Stier geborenes Kind bekommen. Da wollte der Vater sie auf keinen Fall alleine auf dem Hof lassen, geschweige ihr eine längere Fahrt auf dem Leiterwagen zumuten. Auch wenn die Ehe, wie die meisten, von den Eltern der Brautleute arrangiert wurde. Dieses Paar liebte sich.

Und so wie die Kinder, waren auch die Eltern im Sternzeichen des Stieres geboren. Sie alle waren Bürger des Volkes der Stiere.

„Nun höre schon auf, immer hin und her zu laufen, du machst mich ganz kirre!"

Sahra schauten ihren Herren und König düster an, als sie zu ihm sprach. König Hagen war nervös und konnte sich nicht beruhigen. Sein langer Wollmantel schleifte beim Gehen über den Boden. Andauernd fingerte er an seinen Ringen herum. Hagen war ein Mann im besten Alter, nur ein paar weiße Haare verrieten, dass die Jugend vorbei war. Da er sich gern an Kampfübungen beteiligte, war sein Körper straff und sein Gang stolz. Mit seiner Körperhöhe überragte er die zierliche Sahra um einiges. Sahra wirkte zerbrechlich gegen ihren König, dabei war ihr Wesen so stolz und stark, dass es einem König an nichts nachstand. Ihre langen braunen Haare flossen in kleinen Wellen an ihrem Rücken entlang. Das schmal geschnittene, lange Leinenkleid verlieh ihrer Ausstrahlung etwas Kindliches.

„Hör' auf mich herumzukommandieren. Du bist nicht mein Weib!"

Und schon bereute Hagen diesen Satz. Woher sollte er wissen, wie ein Eheweib mit ihrem Mann umspringt, da er ja noch nie verehelicht war. Könige im Lande Zodiac dürfen nicht heiraten oder Kinder zeugen, denen sie dann den Thron vererben. Könige im Lande Zodiac mussten sich ihren Thron erkämpfen.

Sahra sah Hagen voller Betroffenheit an. Auch sie dachte sofort an das große Opfer, das jeder König zum Wohle der Völker bringen musste.

„Herr, verzeiht mir bitte.", sagte sie und senkte den Blick.

Hagen sah sie an. Ja, was hätte er dafür gegeben, diese Frau zu seinem Weib zu machen. So viele Jahre liebte er sie schon, ohne sie einmal berühren zu dürfen.

„Schon gut, schon gut."

Er wandte sich von ihr ab, um wieder die Gedanken auf das Problem zu bekommen, durch das er sich so erregt hatte.

Der Kristall des Orakels war am Erlöschen. Das Orakel, ein unsterbliches altes Weib im westlichen Gebirge, kann durch den Kristall das Schicksal des Königreiches sehen. Erlischt der Kristall, verstummt und stirbt das Orakel. Das durfte auf keinen Fall geschehen. War es doch auch das Orakel, das vor hunderten von Jahren die Lebensweise neu ordnete.

Damals lebten einzelne Volksstämme mehr oder weniger friedlich miteinander. Immer wieder kam es zu Grenzauseinandersetzungen. Nicht selten bezog der König für die eine oder andere Seite Partei. Kinder des Königs wurden mit Stammesanführern verheiratet, um politische Vorteile zu haben. Immer ging es um Macht und Reichtum einzelner.

Und dann erschien eines Tages ein Falkner beim König und berichtete von der alten Frau in den Bergen, die ihm vorhersagte, dass ihm ein Sohn geboren werden würde, der eines Tages ein großer Krieger werden würde. Der Sohn des Falkners wurde tatsächlich schon in jungen Jahren zum Stammesanführer gewählt. Neugierig reiste der König, begleitet von wenigen Rittern, in die Berge, um die Alte zu sehen. Die Vorhersage der Alten war allerdings nicht erfreulich, sie sagte dem König seinen baldigen Tod voraus. Nervös und beängstigt reiste der König zurück auf seine Burg, in der selbigen Nacht starb er an einem Herzschlag.

Damit war die Glaubwürdigkeit des Orakels unantastbar. Des Königs Sohn zog sofort wieder zu der Alten und erfuhr an diesem Tag den alles bedeutenden Spruch.

Alle Menschen mit dem gleichen Sternzeichen, sollen ein eigenes Volk bilden. So sollten die Fähigkeiten der Einzelnen gefördert werden und dem ganzen Volke zugutekommen. Kriege und Auseinandersetzungen sollten damit ausgeschlossen werden. Der Königsthron wurde fortan erkämpft. Starb ein König, stellte jedes Volk einen Kämpfer. Derjenige, der siegte, gewann auf seine Lebenszeit den Thron. Allerdings mit dem Verbot auf Ehe und Kinderzeugung. Damit wurde vermieden, dass ein König Vorteile für seine Nachkommen aufbauen konnte.

Der Orakelspruch verwies darauf, dass durch eben diese Lebensweise, ein neues großes Volk entstehen wird.

Wie aber sah die Geburt eines neuen Volkes aus?

Familien wurden auseinander gerissen. Eltern verloren ihre Kinder, Kinder ihre Geschwister. Viele Familien versuchten, ihre Heimat zu verlassen, um zusammenbleiben zu können. Von ihnen ward aber nie wieder etwas gehört.

So viele Jahrhunderte waren seitdem vergangen. Und so oft die Könige auch zum Orakel gingen, nie wieder sprach es zu ihnen. Nie wieder sah jemand die Alte von Angesicht zu Angesicht. Der Kristall lag seit Ewigkeiten in einer Silberschale in einer kleinen Höhle. Bewacht wurde er nicht. Ein Diener des Hofes ging regelmäßig nach ihm sehen. Und eben dieser meldete dem König, dass der Kristall verblasst.

War es dann noch nötig, sich Gedanken um den Kristall zu machen? Darüber zu spekulieren war Hagen zu gefährlich.

„Wir müssen den Ältestenrat einberufen und den besten Krieger eines jeden Volkes aufstellen."

Hagen starrte aus dem Fenster. Es war Frühling in Zodiac.

Urs spazierte lässig über den Markt. Die Schleifsteine hat er günstig kaufen können. Der Vater würde sich freuen.

Nun erlaubte er sich noch ein wenig Vergnügen. Schließlich kam er nicht oft in die Stadt und hier gab es immer viel zu sehen. Hier und da musste er betrunkenen Männern ausweichen, die torkelnd die Gassen langzogen. Meistens waren es Bauern, die einen guten Handel feierten.

Auf einem Mal bemerkte Urs Hunger. Er hielt Ausschau nach einem Stand mit Pasteten oder Käse. Und schon schoss ihm der Geruch frischer Fleischpasteten in die Nase. Seine Augen wanderten über die Vielzahl von Pasteten, um sich für eine zu entscheiden.

„So ein kräftiger Mann wie du will doch sicher gutes Fleisch. Hier, nimm die mit Schweinefleisch gefüllte Pastete. Sie ist gerade erst fertig geworden."

Das Mädchen, das dies sagte und ihn ansah, schien in seinen Augen nicht von dieser Welt zu sein. Sie mochte so alt sein wie er selbst, wirkte aber schon reifer. Ihre großen dunklen Augen sahen bis tief in seine Seele. Urs starrte sie einfach mit offenem Mund an.

„He, was glotzt du mein Mädchen so an?"

Eine Alte hob drohend einen Stock und tat, als ob sie sogleich auf ihn einschlagen wollte. Sie war kaum höher als der Tisch, vor dem sie sich versuchte aufzubauen. Ihr Rücken glich einem runden Hügel und Ihre Augen blitzen böse auf. Urs ging automatisch einen Schritt zurück und starrte nun die Alte an.

„Du scheinst mir ein wenig verwirrt. Was ist, willst du nun die Pastete?"

Das Mädchen hatte nicht aufgehört Urs anzulächeln. Sie ignorierte die Alte scheinbar einfach.

„Ja, was soll sie kosten?"

Urs fingerte in seinem Geldbeutel herum. Wobei er nicht vermeiden konnte immer auch einen kurzen Blick auf die üppigen Formen der jungen Frau zu werfen. Das waren aber auch Formen. Sein Mund wurde ganz trocken.

„Nichts, ich schenke sie dir."

Immer noch das Lächeln. Wogegen die Alte nun völlig die Nerven verlor und Urs als Schnorrer und Dieb beschimpfte.

„Wie heißt du?"

Urs wagte dem Mädchen bei der Frage in die Augen zu sehen.

„Magda und du?"

Magda ließ ihn nicht aus den Augen, bis auch er sie wieder fest ansah.

„Trottel. Nein ich heiße Urs, aber ich bin ein Trottel."

Ein helles lautes Lachen ging nun aus ihnen hervor. Als Urs auf dem Hof seiner Eltern zurückkam, strahlte er etwas aus, was seine Mutter sofort als gefährlich einstufte.

„Wer ist sie?"

Sie ließ ihm nicht einmal Zeit, es von sich aus zu erzählen.

„Und versuche gar nicht erst, mich anzulügen!"

Was sollte das? Hatte er etwas Unrechtes getan? Da Urs sich keiner Schuld bewusst war, stieg Ärger über seine Mutter in ihm auf. Schon darum, weil sie sein tolles Gefühl im Bauch mit ihren Worten vertrieben hatte. Also wand er sich einfach von ihr ab und ging schnurstracks in Haus.

Später hörte er seine Eltern noch lange reden. Mit einem wundervollen Gedanken an Magda schlief er glücklich ein.

Gemurmel und halblautes Debattieren erfüllte den Thronsaal. Überwiegend ältere Männer gehörten zum Ältestenrat, obwohl es bei der Wahl nicht direkt auf das Alter ankam. War jemand von hohem Geist und Bildung, konnte er schon in jungen Jahren in den Rat gewählt werden.

Im Saal war es angenehm warm. Viele hatten Ihre Mäntel abgelegt und genossen das Sonnenlicht, das durch die hohen schmalen Fenster in den Saal trat. Bedienstete reichten kühles Kräuterwasser und Wein. Überall standen Teller mit Brot, kaltem Fleisch und Käse auf den Tischen.

Eine Flöte erklang. Das war für alle Anwesenden das Signal, dass der König erscheinen würde. Hagen erschien in all seiner äußeren Pracht, die er vorweisen kann. Ein langer schwerer Mantel in dunklem rot hüllte ihn ein. Die Ärmel waren so lang, dass die spitzen Enden über den Boden schleiften. Goldene gestickte Ornamente verzierten den Mantel. Zusammen stellten diese Ornamente den Zodiac dar, den Tierkreis. Alle zwölf Sternzeichen waren zu sehen. Die Krone, die König Hagen auf dem Kopf trug, war ein schlichter Goldreif. Nichts sollte von der Pracht des Mantels ablenken.

Stumm, niemanden grüßend, ging der König auf den Thron zu, setzte sich und machte eine kurze Handbewegung zu den ihn anstarrenden Anwesenden.

Jeder suchte sich nun eine Sitzgelegenheit. Wer es schaffte, nahm sich auf dem Weg zu einem Stuhl noch schnell einen Krug Wein oder einen Happen zu essen mit. So eine Ratssitzung konnte lange dauern.

Als endlich absolute Stille im Saal herrschte, übernahm König Hagen das Wort.

„Das Orakel ist heilig. Niemand bezweifelt seine Macht. Aber das Orakel kann uns nur mit seiner Macht dienen, wenn es im Besitz des Kristalls ist. Da der Kristall, mit dem uns das Orakel dient, am Erlöschen ist. Muss ein neuer Kristall aus dem Lande Morf geholt werden. Die Legende besagt, dass von jedem Volk des Königreichs Zodiac ein Vertreter ins Land Morf reisen muss. Denn nur, wenn wirklich alle Sternzeichen vertreten sind, löst sich der Kristall aus dem Berg.

Heute in einem Jahr soll aus jedem Volk ein Kämpfer gestellt werden. Diese Zwölf ziehen ins Land Morf und holen aus dem Berg Gomma einen neuen Kristall. Jedes Volk hat also ein Jahr Zeit, seine besten Kämpfer für diesen schweren Marsch vorzubereiten. Ich bin der König, ich will es so!"

Hagen sprach die ganze Zeit sehr ruhig. Als er fertig war, stand er, ohne einen Blick auf die Ratsmitglieder zu werfen, auf und verließ den Thronsaal.

„Hm, toll. Ich bin lange gereist, um diesen Befehl zu erhalten. Hätte man dafür nicht Boten aussenden können?"

Der Ratsherr, der das sagte war, noch jung und sah eher wie ein Fischer als ein Mann von hohem Standes aus.

„Der König kommt nicht oft dazu, seine Macht zu präsentieren"

meinte ein anderer Mann.

König Hagen saß auf einem hohen Lehnstuhl als Sarah in den Raum trat.

„Störe ich dich?" Sahra sprach leise und ging langsam auf ihren König zu.

„Ich spüre, es wird etwas geschehen. Ich weiß nicht was. Aber es hat mit dem Kristall und dem allen zu tun, " sagte Hagen und blickt zu Sarah auf.

Sarah. Sie lag eines Tages vor der Tür des Hauses, in dem Hagen mit seinen Eltern und Geschwistern lebte, als er noch kein König war. Sie war ein wunderschönes Baby und Hagens Mutter verliebte sich sogleich in sie. Viele Jahre waren alle glücklich. Dann kam ein großes Unwetter und der Fluss trat über die Ufer. Es war mitten in der Nacht als das Wasser kam. Viele Menschen ertranken. Viele verloren all ihr Hab und Gut. Hagen rette Sarah. Er war damals schon ein kräftiger Mann mit seinen 18 Jahren. Als das Wasser in das Haus eindrang, rief Sarah nach der Mutter und den anderen der Familie. Niemand außer ihr und Hagen überlebte.

Nun musste Hagen sich um die zehnjährige kümmern. Er war ein kluger, starker und einfühlsamer Mann. Beim Volk der Krebse ging es nicht immer harmonisch zu, aber Hagen versuchte alles, damit Sarah eine fröhliche Kindheit erleben konnte, auch ohne Mutter und Vater.

Einige Krebsmänner waren davon überzeugt, dass Hagen kein wahrer Mann wäre. Welcher Mann kümmert sich so um die weiblichen Nachkommen.

Dann kam der Kampf um den Königsthron und Hagen wollte es wagen.

Drei Wochen kämpfte Mann gegen Mann. Drei Wochen lang hatten die Wundärzte zu tun, alle Verletzten zu versorgen, denn die Kämpfe waren kein Spiel. So mancher hielt sich nicht genau an die Regeln, ein hoher Preis winkte, die Krone. Hagen gewann bei den Krebsen. Nun musste er noch gegen die Sieger der anderen Völker gewinnen. Die Kämpfe wurden in der Königsburg ausgetragen und dauerten viele Tage, zu gut waren die Kämpfer, zu lange dauerten die Kämpfe. Hagen hatte schon einige Verletzungen davon getragen, aber er hielt sich.

Sein letzter Gegner war ein Widder. In der Mittagssonne begann der Kampf und endete zum Sonnenuntergang. Das Glück der Kämpfer schwankte hin und her. Nachdem die Schwerter und Keulen zerbrochen waren, schlugen sie mit den bloßen Fäusten aufeinander ein. Hagen blutete schon stark im Gesicht, aber der Widder sah auch nicht besser aus. Immer wieder landete einer der beiden im Sand. Immer wieder erhoben sie sich und kämpften weiter. Dann traf Hagen seinen Gegner hart am Kopf. Der Widder fiel um wie ein Stein und rührte sich nicht mehr. Blut rann ihm aus der Nase und die Augenlider zuckten. Hagen atmete heftig vor Aufregung und Erschöpfung. Das Publikum war beängstigend still geworden und dann rief der Kampfrichter: „ Der Krebsmann ist unser neuer König!"

Viele Tage dauerten die Zeremonien, um Hagen zum König zu krönen. Viele Schwüre musste er leisten, viele Becher erheben um auf sein eigenes Wohl zu trinken. Und es begann die Zeit des Lernens. Ein Mann kann zu einem König erhoben werden, aber nur der Mann allein kann zu einem König werden. Hagen wollte sich nicht nur auf seine Minister verlassen, er wollte wissen, was in seinem Reich geschieht und warum.

Sarah wurde wie automatisch in den Hofstaat aufgenommen. Niemand ahnte, auch Sarah nicht, wie sehr Hagen sie liebte. So kam zu seinem Leid, keinem Weibe beiwohnen zu dürfen, die Frau seiner Träume bei sich zu wissen und sie nie berühren zu dürfen.

„Hagen? Wie kommt es, dass in jedem Volk die Frauen nur zu bestimmten Zeiten ihre Kinder empfangen? Sie wohnen ihren Männern doch viel öfter bei." fragte Sarah.

„Ich weiß es nicht."

Als Hagen dies sagte seufze er leise. So viele Fragen, die keine Antworten haben. Warum haben wir nie unser Leben hinterfragt? Warum ist es besser, alle Sternzeichen zu trennen? Was würde passieren wenn wir alle wieder als ein Volk zusammenleben würden? Und warum verdammt ist Sarah so begehrenswert?

„Das sieht aus, als hättest du dir in die Hosen geschissen!" rief Mate seinem Bruder lachend zu.

Urs schwang die Axt und hieb sie dann auf einen Baumstamm ein, der vor ihm am Boden lag. Holzsplitter stoben auseinander. Mate beobachtete seinen großen Bruder gern, wenn er für die Kämpfe trainierte. Er hoffte sich genug abzuschauen, um auch einmal ein großer Kämpfer zu werden.

Urs hatte sich, gegen den Willen seiner Eltern, freiwillig zu den Auswahlkämpfen gemeldet und bisher alle Kämpfe gewonnen. Seine größte Bewunderin aber war Magda. Sie hatten sich in den letzten Monaten so oft getroffen wie möglich, was nicht immer leicht war. Nicht nur dass die alte Ziehmutter von Magda sie kaum aus den Augen lies. Auch die Mutter von Urs gab ihm kaum Gelegenheit, sich mit Magda zu treffen.

„Urs? Da kommt ein Reiter!" rief Mate Urs zu.

Es war ein Bote aus der Stadt. Er trug den Stier auf seinem Umhang, als Zeichen eines Stadtbediensteten. Der Reiter kam im vollen Galopp auf Urs zu. Erst kurz vor ihm zog er an den Zügeln und brachte das Pferd zum Stehen. Urs hatte nicht einmal gezuckt.

„Bist du Urs?" fragte der Fremde.

„Das bin ich Herr. Was begehrt ihr von mir?" fragte Urs zurück.

„Kannst du lesen? Ich habe ein Schreiben an dich vom Ältestenrat." Als der Bote dies sagte, stieg er zur gleichen Zeit vom Pferd. Er warf Mate, der nun neben Urs stand, die Zügel zu.

„Nein Herr, lesen habe ich nie gelernt. Was steht in dem Schreiben?" wollte Urs wissen.

Inzwischen kam nun auch Urs Mutter gelaufen, die laut nach dem Vater rief.

„Du wirst mit auf die große Reise gehen, um uns einen neuen Kristall zu holen." Der Bote wischte sich den Staub aus dem Gesicht und reichte Urs das Schreiben.

Niemand sagte etwas. Der Bote stieg wieder auf sein Pferd, stieß ihm in die Flanken und ritt wie gejagt davon.

So sehr sich Urs dieses Abenteuer wünschte, so sehr hatte er nun Angst, sich von seiner Familie und Magda zu trennen.

„Vater?" fragte Urs. „Wie mache ich einer Frau einen Heiratsantrag?"

Der große Platz vor der Königlichen Burg war voller Menschen. Gaukler und Händler nutzen die Gelegenheit für gute Geschäfte. Hier und da flammten kleine Streitigkeiten auf. Es war ein großes Gewirr von Geräuschen, Gerüchen und Farben. Dann die Flöte!

König Hagen betrat den Balkon der Burg.

„Seine Majestät bittet nun die Kämpfer in den Thronsaal" gab der erste Minister bekannt.

Zwölf Gestalten lösten sich aus der Masse und gingen auf das Tor zum Thronsaal zu. Die Masse verstummten augenblicklich. Alle Augen waren auf das Tor gerichtet. Jeder wollte sehen, wer nun für das Glück des Königreiches sorgen wird. Und dann wurden doch Stimmen laut. Irgendetwas irritierte die Menschen.

Inzwischen waren die Zwölf im Thronsaal angekommen. Wo auch sofort heiß diskutiert wurde.

„Was suchen die Weiber hier?" fragt ein blonder, hochgeschossener Mann.

„Haben die Fische keine Männer mehr für den Kampf? Müssen sie schon ihre Weiber schicken?" meinte nun auch ein kräftiger, riesiger anderer Mann.

Die angesprochene Fischefrau lächelte dem zweiten Sprecher freundlich zu. Das irritierte nun den Mann völlig.

„Glotz mich nicht so weibisch an Frau!" blaffte er sie an.

Die Fischefrau lächelte einfach weiter, bis der Mann aufhörte sie anzusehen. Dann machte sie wieder ein ernstes Gesicht und sah ihren König an, der vor seinem Thron stand.

„Majestät? Was hat das zu bedeuten? Warum werden Frauen zu so einer Reise zugelassen?" fragte ein zierlich wirkender Mann den König.

König Hagen stand auf und kam auf die Zwölf zu. Alle standen nun in einer Reihe vor ihm aufgestellt. Sein Gesicht zeigte keine Regung.

„Ihr zwölf habt alle anderen Bewerber besiegt. Ihr zwölf werdet unserem Königreich einen hohen Dienst leisten. Dies geht nur, wenn ihr alle zusammen haltet." sagte er laut und bestimmend.

Bei den letzten Worten stand er genau vor den beiden Männern, die sich so lautstark über die Frauen beschwert hatten.

„Vielleicht ist es ja genau das, was die eigentliche Aufgabe ist?" Die Frage war rein rhetorisch. Trotzdem suchte jeder in seinem Inneren nach einer Antwort darauf.

Urs stand neben einer der Frauen. Hoch gewachsen, mit langen, braunen Haaren. Sie duftete nach Wiese. Sie war ganz in braunes Leder gekleidet. Als er auf ihren Hintern schauen wollte, bemerkte er die Waffen unter dem weiten Ledermantel. Plötzlich schaute sie ihm direkt in die Augen.

„Denk nicht mal daran!" sagte sie ganz leise zu ihm.

Niemals würde er daran denken, diese Frau berühren zu wollen. Schließlich hatte er erst vor zwei Tagen seine Magda geheiratet. Zwei Tage und zwei wundervolle Nächte. Der Gedanke daran ließ ihn erröten.

„Tretet nun nacheinander vor und stellt euch eurem König vor." sagte Hagen.

Hinter dem Thron hockte Sarah und sah zu. Sie beobachtete Hagen. Sie mochte es, wenn er so streng war. Zu ihr war er nie streng. Sie hätte ihm gern gesagt, wie sehr sie ihn liebte. Aber wie sollte ein Mann, der sie wie ein Bruder aufgezogen hat, andere Gefühle für sie haben, als die eines Bruders?

Ein Mann, hoch gewachsen und etwas knochig wirkend machte einen langen Schritt nach vorn.

„Anton ist mein Name, Herr. Ich bin vom Volke der Widder gesandt, um dem Königreich zu dienen." sprach er laut vernehmbar. Auf dem Rücken trug er ein Ding, das jeder der hinter ihm stand anstarrte, aber niemand wusste, was es war. Ein plattes Stück Holz mit langen, an Hebeln befestigten, feinen Schnüren. Das Holz hatte in der Mitte ein Loch. Urs hielt es für eine Geheimwaffe der Widder. Er hielt die Widder so wie so für skurril.

Bei all den Gedanken vergaß Urs fasst, dass er nun an der Reihe war.

„Mein König" sagte er und verbeugte sich.

„Das Volk der Stiere schickt mich, euch zu dienen. Mein Name ist Urs und ich bin frisch verheiratet." sagte er und strahlte den König und alle anderen dabei vielsagend an.

„So, so Urs. Dann hast du ja einen guten Grund, nach erfüllter Mission, gesund nach Hause zu kommen."

Als der König dies sagte, lächelte er dabei Urs an, klopfe ihm auf die starken Schultern und ging auf seinen Nachbarn zu.

Schlank, nicht sehr groß, blond und mit einem freundlichen Gesicht erschien der Zwilling vor dem König.

„Majestät, mein Name ist Eik." sagte er.

„Der Zwilling" sagte der König darauf. Hagen musterte die Waffen, die Eik bei sich trug. Einen leichten Bogen. Einen Dolch am Gürtel und einen Köcher mit Pfeilen, den er auf dem Rücken trug. Das leichte hellblaue Beinkleid passte zu der Gesamtgestalt.

Eik nickte kurz und trat in die Reihe zurück, als er bemerkte, dass sein König nun zu der Frau sah, die neben ihm stand. Silvia, die Krebsfrau, sah dem König genau in die Augen. Sie hatte rote Haare und grüne Augen. Sie war eine der schönsten Frauen, die Hagen je gesehen hatte. An ihrem Gürtel hing ein langes gebogenes Schwert, es wippte leicht auf dem langen Rock, wenn sie eine Bewegung machte.

Hagen wusste genau, dass er diese Frau schon viel zu lange anstarrte. Und da er genau wusste, dass er in diesem Moment von Sahra beobachtet wurde, ging er ohne ein Wort zum Nachbarn über. Silvia war zwar überrascht, hatte aber die Gedanken ihres Königs erraten, womit sie sich eher geschmeichelt als gekränkt fühlte.

„Wer seid Ihr, Mann?" fragte er den Löwen.

„Michael, mein Herr" sagte er und dienerte vor Hagen. Auch er trug ein langes Schwert bei sich. Außerdem einen Dolch am Gürtel und im Stiefel. Hagen hatte dies schon bemerkt, als er noch vor der versammelten Mannschaft stand und die einzelnen beobachtete.

Michael war nicht sehr groß, hatte aber eine sehr männliche, asketische Ausstrahlung. Sein dunkles Haar kräuselte sich bis auf die Schultern. Er sah seinem König direkt in die Augen. Er hat gar keine Furcht vor mir, dachte Hagen. Hoffen wir um unser selbst willen, das er auch sonst keine Furcht hat.

Die Frau neben Michael blickte auch furchtlos auf ihren König, aber mit einem so kritischen Blick, dass es Hagen unwohl wurde.

„Mein Name ist Lisa Majestät." sagte sie knapp. Dabei machte sie eine Kopfbewegung, so dass ihr langes Haar auf den Rücken schwang.

Hagen mochte die Frau nicht, ohne zu wissen warum. Er richtete kein Wort an sie und wandte sich dem Waagemann zu.

„Mein Volk die Waagen sendet mich, euch zu dienen, Majestät. Mein Name ist Wolf" sagte Wolf mit einer kräftigen, selbstbewussten Stimme. Hagen musterte ihn von Kopf bis Fuß. Wolf war sehr gut gekleidet, eher schon elegant. Sein grünes Beinkleid war mit Borten verziert. Sein kurzer Mantel hatte einen großen eleganten Kragen mit bestickten Ornamenten. Wollte er so in die Welt ziehen und Abenteuer bestehen? Aber was macht er sich für Gedanken. Die Waagen werden schon wissen, warum sie ihn gesandt haben.

Und dann stand Hagen vor dem Skorpion. Groß, mit einem Berg von Muskeln. Lange blonde Haare fielen über seine Schultern. Nur eine Weste aus Ziegenleder bedeckte einen Teil seiner muskelbepackten Brust. Eine große Streitaxt hing auf seinem Rücken.

„Man nennt mich Stik, mein Herr." sagte Stik. Die Stimme passte zu dem Köper. Hoffentlich hat er so viel Verstand, wie er Muskeln hat, dachte Hagen und wandte sich dem Schützen zu.

„Herr, mein Name ist Dirk."

Klein, drahtig, etwas Unruhe ausstrahlend stand Dirk vor seinem König. Hagen war sicher, der Dirk wird der pfiffigste sein in dem Clan. Dirk trug nur leichte Waffen. Einen kleinen Bogen mit Köcher, einen Dolch.

Hagen trat vor den Steinbockmann. Hagen war ja nicht eben klein, aber zu dem Mann ihm gegenüber musste er aufschauen. Was ihm nicht eben behagte. Ganz in Lammfell gekleidet mit einer Axt auf dem Rücken, machte der Mann einen gewaltigen Eindruck auf alle Anwesenden.

„Man nennt mich Fred, Herr. Mein Volk schickt mich, euch und unserem Land zu dienen." sagte er betont langsam. Dies hörte Hagen nun schon einige Male. Sie wollen dem Volk dienen, mir dienen. Letztendlich dienen sie sich selbst. Gelingt die Tat, ist der Ruhm gewiss.

Für einen kurzen Moment sah Hagen zu Sahra, die noch immer hinter dem Thron hockte und zusah.

Für einen kurzen Moment bemerkte Hagen, wohin Sahra sah. Hagen hasste Fred auf der Stelle.

Die Wassermannfrau sah Hagen etwas verwirrt an. Hagen schien wie abwesend. Sie fasste aber Mut und sprach zu ihm.

„Mein Name ist Cleo und ich werde euch dienen, um mir zu dienen, Herr." sprach sie und schaute stolz vor sich hin.

Obwohl Hagen noch vor wenigen Momenten das gleiche dachte, war er verblüfft.

„ihr wollt Ruhm und Ehre Cleo?"

„Wenn ich dem Volk helfe, helfen ich doch in erster Linie auch mir selbst, Herr." sagte Cleo.

Oh ja, mit solchen Leuten gewinnt man gegen böse Mächte. Selbst wenn es eine Frau ist.

Dieser kämpferische Gedanke pochte in Hagen und dann sah er dieses Lächeln. Warum lächelt sie?

„Herr. mein Name ist Magda" sagte Magda.

„Nein!" entfuhr es Urs.

Hagens Kopf flog zu Urs. Was hatte dieser Stier mit der Fischefrau?

„Wie? Nein?" hörte Hagen sich sagen.

Urs schämte sich für den Gefühlsausbruch und starrte seinerseits die fremde, andere Magda an. Hagen ging auf Urs zu. Er erinnerte sich, was Urs ihm erzählt hatte. Was ist das für ein sentimentaler Kerl?

Als Hagen ganz dicht vor Urs stand, tat dieser ihm doch etwas Leid. Er wandte sich um und schaute den Clan der zwölf an.

„Morgen früh geht ihr los, um unser Land zu retten. Geht schlafen! Ich werde für euch zu unseren Göttern beten." Hagen sagte dies und ging direkt auf seinen Thron zu. Sahra versuchte, ihm zu entkommen, zu spät. Er packte sie am Arm und zog sie mit sich fort.

Die zwölf suchten die ihnen zugewiesenen Schlafplätze auf. Es war ein Saal oberhalb des Thronsaals. Unter den Fenstern standen Tische mit Speisen und Wein. Ein kleiner Diener, ganz in Rot gekleidet, fragte unaufhörlich ob er etwas für die Gäste tun könnte.

„Du, du Koch." Urs war unsicher wie er den kleinen Mann ansprechen sollte.

„Sorge bitte dafür, dass morgen für jeden ein Paket mit Speisen, die mindestens sieben Tage haltbar sind, zusammengepackt wird."

Die übrigen elf sahen Urs voller Bewunderung an. Soviel Weitsicht hätte auch jeder von ihnen haben können. Aber gut. Sie fangen ja eben erst an, einen Clan zu bilden.

Da sich alle Schläfer noch sehr fremd waren, verlief die Nacht ruhig. Ohne Geschwätz und Gemurmel.

Der Morgen war sonnenreich und da die Sonne ohne Rot aufgegangen war, durfte jeder auf einen trockenen Tag hoffen.

Der Abschied war nun kurz. Alte Karten sollten den Weg ins Land Morf anzeigen. Niemand war je dort gewesen.

Was konnte schon geschehen? Außer, dass alles schief gehen konnte.

Es waren viele Menschen beim Auszug der zwölf in die Königsstadt gekommen. Es gab ja auch kaum Höhepunkte in ihrem Leben. Alles lief im gleichen Fluss, seit Jahrhunderten.

Wehmütig waren die zwölf nicht, aber jeder war mit seinen Gedanken zu Hause. Wir tun es für sie, für unsere Familien, Freunde, Nachbarn. Und wir werden erfolgreich sein.

Nach etwas mehr als sieben Stunden des Marsches war Cloe zu vernehmen.

„Halt! Wir benötigen alle eine Pause, aber niemand will es als erstes zugeben. Wie dumm sind wir eigentlich?" fragte Cleo.

In einigen Gesichtern war Erleichterung, in einigen Zorn und in einem ein schöner Gedanke.

„Lasst uns rasten, lasst uns speisen." meinte Dirk. Und als er noch sprach, holte er Wegzehrung aus seinem Bündel und ließ es ich gut sein.

„Bist du nun unser Anführer oder was?" fragte Fred und sah wenig begeistert zu Cleo.

„Nein! Aber scheinbar habe ich mehr Grips als die, die meinen, keine Pause zu brauchen!" sagte sie und biss herzhaft in ein Stück Käse.

„Weiber! Ich war gleich dagegen." meinte Fred nur noch und fing nun auch an, in seinem Gepäck nach den Speisen zu suchen.

„Esst am besten das, was nicht lange haltbar ist." sagte Magda.

„Ah, da wären wir ja nie alleine drauf gekommen!" sagte mürrisch Fred und biss ebenfalls in seinen Käse.

„Und schau mich nicht schon wieder so an!" Fred wendet sich von Magda ab. Die steckt ihm die Zunge raus und wer es sah, musste lachen. Fred lachte nicht!

Das erste Nachtlager musste errichtet werden. Man beschloss ein großes Lagerfeuer zu machen, bei dem alle Platz drum herum fanden. Leicht beschlossen, schwer gemacht. Also wurden es dann doch zwei Feuer. Eins für die vier Frauen, eins für die acht Männer.

Der Morgen danach war kühl, aber sonnig. Dirk ließ ein leises „huch" von sich hören, als er Magda am Bach sah. Sie war leicht bekleidet, aber nicht nackt. Sie wagte den Versuch, sich in Anwesenheit von Männern zu waschen. Dirk fand, sie wusch sich grazil. Als Magda Dirk wahrnahm, warf sie ihm ein nasses, kaltes Tuch gegen den Kopf. Beide kicherten und jeder verschwand zu seinem, längst verloschenen Nachtfeuer.

Viele Dinge wiederholte sich nun Nacht für Nacht und Morgen für Morgen, bis die Speisen aufgegessen waren, die noch aus der Königsburg stammten.

Viele Meilen waren sie schon gelaufen. Weit fort von zu Hause, aber noch in den Grenzen von Zodiac.

„Wir müssen uns um Nahrung kümmern. Heute Abend erreichen wir die Wälder vor dem Gebirge, dort sollten wir genug Wild finden." sagte Eik zu Urs. Urs nickte stumm. Er musterte die fremde Magda, sie war so ganz anders als seine. Seine Magda war ein Vollblutweib mit großen Brüsten und einem festen breiten Hintern. Diese Magda dort war klein und zierlich, fasst wie ein Knabe.

Auch ihre Kleidung war für ihn unweiblich. Enge Lederhosen und eine kurze Lederjacke, so dass man ihren mickrigen Hintern sehen konnte. Er wandte sich von dem Anblick ab und schaute Wolf zu, wie er seine Wäsche in seinem Reisebeutel sortierte. Urs kam nicht herum darüber lächeln zu müssen.

Sie erreichten das Waldgebiet tatsächlich vor dem Abend.

„Wir müssen ja nicht alle jagen gehen. Einige können auch ein Lager errichten." sagte Wolf.

Da er Recht hatte, einigten sich Eik und Fred, dass sie jagen gehen und die anderen sich um ein Nachtlager kümmern sollten.

„ Ich komme mit." sagte Cleo.

„Ich auch." Anton hatte bisher nicht viel von sich hören lassen. Der Widder war immer etwas abseits geblieben. Scheinbar wollte er einfach lieber jagen gehen, als Holz zu sammeln und Wasser zu suchen.

„Anton ja. Das Weib kommt nicht mit." sagte Fred aufbrausend.

Cleo zog so schnell, dass es kaum jemand sah, ihren Dolch und hielt ihn Fred unter die Nase.

„Kapierst du es nicht, du versteinerter Bock. Wir sind ein Clan. Wir müssen zusammenhalten. Hier geht es nicht um Statuswünsche." keifte sie Fred an. Der Zorn saß

Cleo in jeder Faser ihres angespannten Körpers. Jeder Zeit bereit, das Messer in Freds Nase zu stoßen.

Und Fred, der eben noch entsetzt schaute, bekam nun Angst vor dem, was in ihm vorging. Er bewunderte Cleo. Nein, so etwas durfte nicht passieren! Er ging einen Schritt zurück, um von Cleos Messer einen Abstand zu bekommen und Cleo ließ es geschehen. Sie steckte den Dolch zurück an den Gürtel und ging in Richtung Wald.

„Gehen wir nun endlich?" fragte sie die Männer in ihrem Rücken. Die gingen auch sofort schweigend mit.

„Still!" sagte Cleo in einem zischenden Ton. Sie richtete sich etwas auf, um über den Busch vor ihr sehen zu können.

„Jemand folgt uns." sagte sie und schlich zurück zu den Männern. Ein paar Stunden waren sie schon unterwegs. Es war schwer, in dem wilden Wald voran zu kommen und noch schwerer bei dem Lärm, den sie bei jedem Schritt verursachten, auf Wild zu stoßen.

„Hast du jemanden gesehen?" fragte Anton. Auch er macht sich etwas größer und starrte in die entgegengesetzte Richtung.

„Nein. Aber ich weiß genau, da war etwas und es war kein Tier." sagte Cleo überzeugt.

Eik zog einen Pfeil auf seinen Bogen und wartete darauf, was kommen würde. Es kam aber nichts.

Auf dem Weg zurück ins Lager erwischten sie dann doch noch ein paar Hasen und ein Perlhuhn. Das war nicht viel, reichte aber für eine gute Mahlzeit für zwölf hungrige Mäuler.

Im Lager herrschte reges Treiben. Man konnte nicht sagen, dass ein Müßiggänger unter den zwölf war. Jeder fasste mit an und so war ein Unterstand aus Ästen und Zweigen entstanden, auf dem Blätter als Dach dienten. Da niemand genau wusste, wie anstrengend der Weg über das Gebirge war, wollte jeder noch einmal seine Sachen ordnen und ein wenig mehr ausruhen als in den letzten Tagen. Sie würden also ein bis zwei Tage in diesem Lager leben.

Als die Jäger mit ihrer Beute ins Lager kamen, wurden sie fröhlich begrüßt. Zuerst wussten die vier gar nicht, was los war. Dann hörten sie es, Lisa sang. Die Jungfrau hatte eine Stimme, die Steine zum Erweichen bringen konnte. Sie sang von Liebe, Leid und Kämpfen. Sie sang eine Ballade über die Sehnsüchte einen Mannes, der die Liebste lange nicht gesehen hatte. Und dann, ohne ein Wort zu sagen, nahm Anton der Widder sein Holzbrett und begleitete Lisa mit einer Melodie, die er aus den dünnen Schnüren hervorzauberte. Niemand sprach, niemand machte auch nur ein Geräusch, niemand wollte diesen vollendeten Moment zerstören.

Es begann mit einem leisen Schlurzen, einem Schnäuzen, ein tiefes Luftholen und dann der Ausbruch eines lauten Luftholens. Magda zerfloss in Tränen. Alle Köpfe flogen zu ihr. Magda sprang auf, drehte sich noch einmal zu allen um und lächelte sie mit ihrem nassen Gesicht an, dann lief sie in den Wald.

„Weiber." sagte Fred.

„Halt den Mund, Fred" sagte Dirk bissig zu ihm.

„Klar, dass du sie in Schutz nimmst, du bist ja so wie so heiß auf sie. Ein Schütze und ein Fischeweib. Das ist Ketzerei!" Fred schrie diesen letzten Satz fasst, weil Dirk längst hinter Magda hergegangen war, um nach ihr zu schauen.

„Fred?"

Fred drehte sich um, als er seinen Namen hörte. Michael der Löwe stand vor ihm.

„Kannst du nicht einfach mal versuchen, gut mit den Frauen auszukommen? Sie marschieren, ohne ein Jammern genauso hart wie wir. Sie arbeiten genauso hart wie wir an den Unterkünften. Und sie versuche mit DIR auszukommen." sagte Michael.

Fred drehte sich, ohne ein Wort zu erwidern, auf dem Absatz um und ging in den Unterstand.

Zum Abendessen saßen dann alle friedlich und schwatzend ums Feuer. Anton wurde bewundert, weil er in der Lage war, einem Stück Holz so eine schöne Musik zu entlocken. Lisa wurde mit Komplimenten für ihre schöne Stimme überschüttet. Selbst Wolf wurde gelobt, weil er aus dem Perlhuhn eine so schmackhafte Suppe gekocht hatte. Bei der Suche nach den passenden Kräutern hatte er sich seine Hose zerrissen. So saß er da und flickte sie, worüber die anderen Männer lautstark spotteten. Wolf zuckte zu ihren Sprüchen nur mit den Schultern.

„Wir sollten Wachen aufstellen. Irgendetwas war da im Wald." sagte Eik auf ein mal. Etwas überrascht schauten die, die nicht mit auf Jagd waren Eik an. Nun erzählten die Jäger von ihrem Erlebnis.

„Zwei Wachen je zwei Stunden. Das müsste gehen." meinte Michael.

Dem stimmen alle zu und ein Plan wurde entworfen, wer mit wem Wache hält. Damit es nicht schon wieder zu Streitigkeiten kommt, meldeten sich die vier Frauen gleich zu zwei Paaren. Magda würde mit Lisa Wache halten und Cleo mit Silvia. Und die Frauen sollten auch gleich die ersten zwei Wachen halten, damit sie dann ohne Unterbrechung schlafen können.

„Ich glaube, er ist in mich verliebt." sagt Lisa leise zu Magda. Magda guckt sie durch die Dunkelheit ungläubig an und zog ihre Decke fester um sich.

„Wie kommst du auf solche Gedanken? Und von wem sprichst du eigentlich?" fragte sie Lisa.

„Na von Michael." sagte Lisa entschlossen.

Magda hatte schon einige solcher Gespräche mit Lisa hinter sich. Mal war es Wolf der angeblich in sie verliebt schien, dann Stik und nun der Löwemann. Durch die zunehmende Dunkelheit konnte Lisa nicht sehen, wie Magda die Augen verdrehte. Und außerdem, was wollte die Jungfrau mit der Waage oder dem Skorpion. Kinder konnte sie ja nicht mit ihnen zeugen. Und, es ist so wie so verboten. Basta!

„Michael ist doch zu jedem nett." sagte Magda müde gähnend zu Lisa.

„Aber nicht jedem macht er Komplimente." erwiderte Lisa.

„Oh, gerade gestern meinte er zu Wolf, er hätte wunderbare Stiefel." Als Magda dies sagte stand sie auf und versuchte, sich die Füße zu vertreten, indem sie hin und her ging.

Lisa war nun eingeschnappt und sagte gar nichts mehr. Dadurch entstand eine fast unheimliche Stille. Nur das Schnarchen von Fred und Urs war zu hören.

Und da war es, ein Geräusch von Schritten.

„Lisa." zischelte Magd. „Hörst du das auch?"

„Und außerdem, schaut Micheal mich immer ganz lieb an, so mit tiefen Luftholen und so....Hast du was gesagt?" fragte nun Lisa und versuchte, im Dunkel die Umrisse von Magda zu erkennen.

Magda achtete nicht mehr auf Lisa, sie zog ihren Dolch und spähte ins Dunkle. Nichts. Es war einfach nichts zu sehen. Dabei hörte sie ganz genau Schritte. Eine Person, höchstens zwei. Da, sie hörte die Schritte in Richtung Bach gehen. Langsam schlich sie auch in diese Richtung. Plötzlich riss der Himmel auf und der Mond überflutete das Gelände mit silbernem Licht. Da war die Gestalt. Magda lief genau auf das, was sie für einen Dieb hielt drauf zu.

„He, bleib stehen. Wenn du Hunger hast, komm ans Feuer, wir geben dir etwas von unseren Speisen ab" rief Magda der Gestalt zu.

Die aber zog es vor zu flüchten. Beim Sprung über den Bach landete ein Fuß noch im Wasser. Die Bewegungen dieses Wesens kamen Magda eigenartig vor. Entweder war der Mensch der unter dem dunklen Umhang verborgen war schon sehr alt, oder ein Krüppel.

Als Magda den vernehmlichen Dieb nicht mehr sehen konnte, ging sie zu Lisa zurück und setzte sich wieder zu Fuße des Baumes.

„Willst du die anderen nicht wecken?" fragte Lisa.

„Wozu? Wir sagen der nächsten Wache Bescheid. Das war sicher nur ein armer Strauchdieb." erwiderte Magda und streckte sich.

„Warum hast du mir eigentlich nicht geholfen, den Kerl zu fangen?"

Als Magda dies fragte, konnte sie die Röte in Lisas Gesicht fühlen, wenn auch nicht sehen.

„Ich war mir sicher, du bist nicht in Gefahr. Der Dieb lief ja sowieso vor dir weg." sagte Lisa kleinlaut.

„Wie wäre es, wenn du dich in Zukunft mehr wie eine Kämpferin verhältst und weniger wie ein Weib auf Brautschau? Dafür sind wir nämlich ausgesucht worden. Dein Gefühlsleben ist mir sowieso ein Graus. Und nun gehe ich Cleo wecken, unsere Wache ist um."

Der energische Ton, in dem Magda dies zu Lisa sagte, macht Lisa stumm. So hatte noch nie jemand mit ihr zu sprechen gewagt. Schließlich war sie eine schöne Kriegerin. Mit einer zickigen Kopfbewegung folgte sie Magda.

Am Morgen sprachen dann alle über das Erlebnis von Magda. Vor allem ging es um Vorsichtsmaßnahmen über Nacht.

„Morgen werden wir Zodiac verlassen. Morgen kommen wir an die Grenze." sagte Wolf.

„Kennt jemand von euch jemanden, der schon einmal außerhalb von Zodiac war?" wollte Stik wissen.

Alle schüttelten die Köpfe.

Laut der alten Karten ist die Grenze eine tiefe Schlucht. Aber es war eine Brücke eingetragen und zu der waren sie unterwegs.

An diesem Tag war der Weg besonders anstrengend. Er war steinreich und es ging in einem fort bergauf. Die meisten griffen pausenlos zu ihren Wasserflaschen, weil die Sonne erbarmungslos auf sie herab schien.

„Pass auf Wolf, du machst dich ganz schmutzig." neckte Stik den Waagemann.

„Pass auf Skorpion, du stolperst über deinen zu langen Schwanz." gab Wolf belustigt zurück.

Stik betonte gern was er von seiner Männlichkeit hielt. Bescheidenheit war keine seiner Eigenschaften. Die Liste der verführten Skorpionfrauen schien endlos. Aber wie sollte ein Waagemann mit seinen ständigen Selbstzweifel das schon verstehen? Stik schaute Wolf von oben herab an und sagte: "Wenn dich eine Frau begehrt, muss sie sich erst durch deine Spitzenbesätze durchkämpfen."

Wer es hörte lachte. Wolf lachte auch.

Die vielen Tage haben die zwölf näher gebracht. Sie erkannten die Stärken der anderen an, aber auch ihre Schwächen. Dabei lernte aber auch jeder seine eigenen Schwächen kennen. Auf eine sanfte, ertragbare Weise.

Einer lernte schmerzhaft, langsam, aber beständig. Fred! Fred hatte ein tiefes Gefühl in sich entdeckt, das er am liebsten ermordet hätte, wenn er dann nicht selbst in die ewigen Berge der Götter gewandert wäre.

Seine Gefühle für Cleo machten ihn in seinen eigenen Augen zu weich, klein und unmännlich. Es war für ihn unerklärlich wie das geschehen konnte, er als Steinbock konnte keine Wassermannfrau lieben. Da er davon überzeugt war, dass Cleo seine Gefühle nicht teilte, litt er doppelt. Sie benahm sich ihm gegenüber kratzbürstig und ablehnend.

Voller Neid beobachtete er Dirk und Magda. Der Schütze und die Fische verstanden sich vom ersten Tag an. Am Anfang fand Fred diese Verbindung ketzerisch. Nun beneidete er die zwei für ihre unbefangene Freundschaft.

Am späten Nachmittag erreichten sie den Rand der Schlucht. Zu ihrem Entsetzen war weit und breit nichts von einer Brücke zu sehen.

Es wurde beratschlagt, erst einmal ein Nachtlager aufzubauen und am Morgen mit frischen Kräften die Brücke zu suchen oder weitere Aktionen zu besprechen.

Wolf und Anton hatten die letzte Wache vor dem Wecken, als sie eine weiße Gestalt am Rand der Schlucht wahrnahmen.

„Ja, ich sehe sie auch!" flüsterte Anton Wolf zu.

Beide zogen ihre Dolche. Anton machte Wolf Zeichen, dass sie versuchen sollten die Gestalt zu umzingeln. Wolf verstand seine Deutungen sofort und schlich sich entgegengesetzt zu Anton an die Gestalt heran.

Fasst gleichzeitig griffen die beiden den Eindringling an, warfen ihn zu Boden und bemerkten nun, dass es eine

Frau war. Sie lockerte beide etwas ihren Griff, als die Frau sich dann aber fast befreite, fassten sie wieder fester zu.

„Halt still, wir tun dir ja nichts!" fauchte Anton sie an. Dabei sah er über Wolfs Schulter hinweg zur Schlucht. Sah hin, sah weg und auf einmal ließ er hektisch die Frau am Boden los.

Wolf sah ihn verwundert an und hielt die Frau, mit auf dem Rücken verschränkten Armen am Boden.

Auf einmal verwandelte sich Antons Gesichtsausdruck von hektisch in bewundernd.

Wolf bemühte sich nun zu sehen, was Anton sah. Er musste sich dazu verdrehen, so dass sich sein fester Griff etwas löste. Dies nutze die Frau aus und entwand sich ihm. Nun griff Anton nach ihr, und hielt sie am Oberarm fest. Wolf starrte auf die Brücke.

„Wo kommt die her? Und was ist mit ihr los?" fragte Wolf.

Vom Lärm erwacht kamen nun auch die anderen zu ihnen und starrten abwechselnd die Gefangene und die Brücke an.

Das Bild, das sich ihnen bot, war unerklärlich. Mal war die Brücke da, mal verschwamm sie wie im Nebel, bis sie wieder weg war. Aber nur um wenige Zeit später wieder in voller Pracht vor ihnen zu erscheinen.

Abgelenkt von dieser Erscheinung, achtete kaum jemand auf die gefangene Frau. Nur Magda sah etwas an ihr, was niemand bemerkte.

Schloss die Frau die Augen, war die Brücke fort. Packte Anton ihren Arm fester an, damit sie sich nicht befreien konnte, war die Brücke da.

„Sag Weib, was hat es auf sich, mit der Brücke?" fragte Anton barsch.

Die Frau antwortete nicht. Dafür schloss sie die Augen und die Brücke war fort.

„Sie ist die Herrin der Brücke, auf jeden Fall nimmt sie Einfluss auf sie." sagte Magda überzeugt.

Eik trat auf die Frau zu und packte sie am Haar. Dann zog er ihren Kopf nach hinten.

„Sag uns sofort, wie du das machst Frau!" schrie er sie an.

„Lass sie sofort los!" brüllte nun Silvia Eik an. Silvia, die sich bisher immer im Hintergrund gehalten hatte schaute Eik an, als ob sie ihn am liebsten umbringen würde. Sofort lies Eik die Frau los. Auch Anton ließ den Arm der Frau los.

„Was sind wir? Barbaren? Was hat die Frau uns getan?" fragte Silvia.

Niemand sprach. Die Situation war für alle beklemmend.

„Wie heißt du?" Stik, der dies fragte, ging langsam auf die Frau zu.

„Ich habe keinen Namen. Niemand ruft mich. Ich bin geschaffen, um die Brücke zu bewachen." erwiderte die Frau.

Dabei zog sie den Schleier, den sie um die Schultern trug, fester zusammen. Ihre langen schwarzen Haare waren durch die Rauferei mit Wolf durcheinandergeraten und hingen ihr teilweise im Gesicht. In einem wirklich hübschen Gesicht fand Stik. Ihre ganze Erscheinung war zweifellos angenehm für Männeraugen. Das Licht der nun aufgehenden Sonne schmeichelte ihrer hellen Haut. Das Kleid, das sie trug, war nur ein Hauch von weißer Seide.

„Wer hat dich erschaffen?" fragte Magda.

„ Das weiß ich nicht. Ich weiß nur, dass ich niemanden über die Brücke gehen lassen darf. Nur meinen Schöpfer und den werde ich erkennen, wenn er vor mir steht."

„Also ist sie ein Wesen ohne eigenen Willen" sagte Silvia.

„Aber nicht ohne Gefühle. Lasst sie gehen. Bitte! Wir müssen eine andere Möglichkeit für uns finden, die Grenze zu überschreiten."

Alle gaben still ihre Zustimmung. Einige unwillig, aber doch eindeutig.

Die Frau ging langsam auf die unsichtbare Brücke zu. Auf einmal drehte sie sich um. Die Brücke erschien vor den Zwölf in all ihrer Schönheit. Ihre riesigen Feiler ragten stolz über dem Abgrund. Das Geländer war mit vielen

Ornamenten verziert. Einige davon sahen aus wie Blüten, einige wie fliegende Vögel. Die aufgehende Sonne tauchte das Mauerwerk in ein zartes Orange.

Die Frau stand da und sah Stik in die Augen. Stik war verwirrt. Magda dagegen sah abwechselt von Stik zur Frau und zurück. Dann drehte sich die Frau um, ging direkt auf die Brücke und diese verschwand mit ihr zusammen vor den Augen der anderen.

Nun setzten sie sich zusammen, um zu beratschlagen, was zu tun wäre. Es wurden Vorschläge gemacht und wieder verworfen. Magda saß da und hörte nicht zu. Sie wusste, dass es nur einen Weg gab, den über diese Brücke, mit dieser sonderbaren Bewacherin.

„Jemand muss sie verführen." kam es aus ihr hervor.

„Natürlich ein Mann." fügte sie noch rasch hinzu.

Die anderen schauten Magda nicht nur verwirrt, sondern auch verärgert an. Was will die Fischefrau? Warum stört sie mit solchen blödsinnigen Vorschlägen? Dass Magda anders war, war allen schon nach wenigen Tagen des Unternehmens klar geworden. Manchmal hatten sie den Eindruck, die Fische würde ihre Gedanken lesen. Wenn es hier oder da mal zu einer kleinen Zänkerei kam, war sie es, die schlichtete. Magda konnte sich einen Raunvogel im Flug ansehen und dabei weinen. Für die Männer war das am Anfang nur ein Zeichen von Schwäche, das änderte sich mit der Zeit. Dieses zarte Mädchen war nicht schwach, nur anders.

„Überlegt doch mal" warf Magda ein, „immer wenn sie sich nicht auf die Brücke konzentrieren kann, war diese zu sehen. Einmal, als sie zu fliehen versuchte, dann als sie Stik so anstarrte."

Als sie die letzten Worte sagte, sah sie Stik an. Dieser errötete sofort, stand auf und meinte: "Blödsinn!"

Stik ging eine Weile in den Wald. Dann setzte er sich auf einen Baumstumpf und starrte vor sich hin.

Sein Leben war geprägt von ständigen Rangeleien und Auseinandersetzungen. Das Volk der Skorpione war kein sehr harmonisches Volk. Die absolute Direktheit, die jeder von ihnen an den Tag legte, konnte anstrengend sein. Seit er mit den anderen unterwegs war, hatte er eine innere Gelassenheit bei sich entdeckt, die sich für ihn gut anfühlte. Hier musste er sich nicht ständig beweisen. Hier gab es Frauen, die ihn ablehnten. Diese Ablehnung kam für ihn überraschend, aber nun konnte er es genießen. Wenn ihn nur nicht ausgerechnet die Frau ablehnen würde, in die er sich verliebt hat.

Etwas raschelte hinter Stik, es war Anton. Anton setzte sich neben ihn auf den Baum und steckte sich eine Pfeife an.

„Haben sie dich geschickt?" fragte Stik.

„Ja und nein." antwortete Anton.

„Magda hat Recht, die Frau hat sich in dich verguckt. Und wir müssen verdammt noch mal über diese Brücke."

Stik starrte ihn an. Er konnte nicht glauben, dass das hier gerade passiert. Er sollte eine fremde Frau, für die er keinerlei Gefühl hegte, verführen? Ja mit ihr vielleicht eine Nacht verbringen, damit die Brücke begehbar wird. Und niemand kam auf die Idee, dass er das eventuell nicht könnte?

„Du bist doch so ein großer Verführer bei den Skorpionfrauen. Diese Frau ist wunderschön. Was ist das Problem?" fragte Anton und stopfte mit einem Stöckchen in seiner Pfeife rum.

Es wäre Betrug. Simpler, einfacher Betrug. Betrug gegenüber der Brückenfrau und Betrug gegenüber der Frau, in die er sich verliebt hatte. Aber das konnte er Anton nicht sagen. Denn dann käme ja die Frage nach dem Namen der Frau, für die er sich verzehrte. Ich bin ein Kämpfer, dachte er, dafür sind wir hier. Ich bin keine männliche Hure. Aber was nutzt die Schlacht, wenn der Soldat nicht hinkommen kann, weil eine Brücke fehlt?

„Gut. Aber ich entscheide wie und wann. Vor allem muss die Wächterin ja erst einmal wieder auftauchen." meinte Stik. Er stand auf und ging zurück ins Lager. Anton blieb sitzen. Der Widder war verwundert. Er hatte Stik als einen Mann eingeschätzt, der jede Gelegenheit nutzen würde, sich als Liebhaber zu beweisen. So konnte man sich irren.

Als der Abend kam, erschien die Wächterin. An einem Seil schleppte sie etwas Lebloses hinter sich her. Stik und Urs standen auf und gingen auf sie zu. Stik wurde ein Lächeln geschenkt. Urs wurde ignoriert.
„Ein Reh!" rief Urs freudig aus.
„Das ist für dich." hauchte die Wächterin und sah Stik hingebungsvoll an.
Der Effekt blieb nicht aus, die Brücke erschien. Nun war sich auch Stik sicher, dass Magda Recht hatte.
„ Das ist viel zu viel für mich alleine." sagte Stik.
„Es gehört dir, was du damit anfängst ist mir gleich." Sagte die Wächterin. Sie ließ das Seil einfach vor Stiks Füße fallen und ging auf den Wald zu. Eigentlich schwebte sie mehr, als das sie ging.
Stik fühlte wie die anderen ihn alle anstarrten. Er blickte einmal kurz zu ihnen rüber, dann ging er langsam hinter der Wächterin her.
Magda stand auf und ging zum Bach, als Silvia sie begleiten wollte, gab sie ihr mit einer Handbewegung zu verstehen sie in Ruhe zu lassen.
Das verwirrte Silvia dermaßen, dass sie auf geradem Wege zu Lisa ging.

„Was hat Magda?" fragte sie unumwunden.

Lisa zuckte nur mit den Schultern, starrte Michael an und seufzte. Das verwirrte Silvia nun noch mehr. Sie setzte sich neben Lisa und starrte nun auch zu Michael rüber. Sie verstand nicht, was Lisa an dem Mann fand. Der Urs mit seiner Stärke war doch viel reizvoller. Aber Urs erzählte so oft und so ausführlich von seiner Magda, dass keine Frau im Lager auch nur auf die Idee kam, in ihm etwas anderes zu sehen als einen Weggefährten und Freund.

Als einige Zeit verstrichen war, kamen die Wächterin und Stik aus dem Wald zurück. Da die Brücke in der ganzen Zeit nicht einmal erschien, ging niemand davon aus, dass Stik die Wächterin auch nur berührt haben könnte. Die ganze Sache mit der Brücke kostete den Gefährten viel Zeit und noch mehr Geduld.

Stik erfüllte seine Rolle als Verführer grandios. Er plauderte, war charmant und gab sich zurückhaltend. Die Wächterin erzählte über ihr Leben vor der Brücke. Aber da war nicht viel zu erzählen, sie war noch so jung, als sie hierher verbannt wurde. Warum ausgerechnet sie hier war, wüsste sie angeblich nicht.

Drei Tage kam die Wächterin zu Stik und drei Tage passierte nichts. Aber dann, am vierten Tag, bat die Wächterin Stik, mit zu Ihr in die Brücke zu kommen.

Stik warf den übrigen einen Blick zu, der nicht verabredet war und trotzdem von allen verstanden wurde. Zusammenpacken!

Die Wächterin nahm Stik an die Hand und führte ihn an die Stelle am Abgrund, an dem die Brücke erscheinen würde. Immer näher kam der Abgrund. Stik bekam das Gefühl auf die Schlachtbank geführt zu werden. Die Wächterin ging einen Schritt schneller als Stik und auf einen mal stand sie in der Luft. Ihr Haar wehte ihr ins Gesicht und das weiße, leichte Kleid legte sich eng an ihren Körper. Der Inbegriff von Schönheit dachte Stik. Das Opfer das ich bringe, ist vielleicht doch nicht so groß.

Die Frau ließ Stiks Hand nicht los und zog ihn so zu sich, üben den Abgrundrand hinweg. In dem Moment, als er den Fuß scheinbar Leere setzte, wurde ihm schwindelig. Doch der Fuß fand festen Halt und so konzentrierte er sich wieder auf das, was geschah. Die Frau griff vor sich und dann öffnete sich eine Tür vor ihnen. Sie schaute ihn an und zog ihn in den dahinterliegenden Raum. Nach dem die Tür wieder geschlossen wurde, befanden sie sich in einem Art Schlafzimmer mit Küche. Der Raum war hell und freundlich, obwohl keine Fenster auszumachen waren. Die Wände waren von oben bis unten mit hellen Seidenvorhängen behangen. Mittendrin stand ein opulentes Bett aus Holz. Der Betthimmel bestand ebenfalls aus reiner, heller Seide. Neben dem Bett stand ein Tisch, der bequem für sechs Leute Platz gegeben hätte und neben dem Tisch befand sich ein riesiger Kamin, bei dem nicht auszumachen war, wo der Rauch hinzog. Stik versuchte einen Blick in den Kamin zu werfen, aber als er sich eben vorbeugen wollte um in den Schornstein zu sehen, stand die Frau neben ihm und reichte einen Becher.

„Ist das Wein?" fragte Stik.

„Ja, ein ganz besonders guter Wein. Über 500 Jahre alt ist er. Er ist noch von meinem Schöpfer. Ich hatte nie eine Gelegenheit, ihn mit jemandem zu trinken."

Die Frau nippte ein wenig an ihrem Becher und stellte ihn auf einem kleinen Tisch neben dem Kamin ab.

„Und du weißt wirklich nicht, wer dein Schöpfer ist? Und warum er dir dieses harte Los auferlegt hat?" wollte Stick wissen.

„Nein. Ich denke nur, das es sehr wichtig sein muss, dass niemand über diese Brücke gehen kann." gab sie zurück und ging auf Stik zu. Sie legte ihre schlanken Arme um seine Taille, sah zu ihm auf und flüsterte:

„Gib mir einen Namen."

Stik war sich nicht sicher, was das zu bedeuten hatte, war sich aber sicher, dass das, was sie verlangte Auswirkungen haben muss. Da er aber nicht wusste was passieren würde, gab er ihr statt einer Antwort einen Kuss. Anfangs hielt sie ihre Lippen noch geschlossen. Als Stik aber anfing ihren Rücken zu streicheln, öffnete sie ihren Mund leicht und Stik wusste, nun gab es kein Zurück mehr.

Wie konnte jemand ein so erotisches Wesen schaffen und sie dann fünfhundert Jahre derben lassen?

Er wollte sie zärtlich und vorsichtig lieben. Aber als sie ihre Arme um seinen Hals schlang, war er nicht mehr in der Lage, Entscheidungen zu treffen oder real zu denken.

Ihm wurde heiß und ihr Körper war verschwunden. Trotzdem spürte er deutlich Liebkosungen auf seiner Haut. Er hatte das Gefühl zu schweben oder zu fliegen und dann dachte er gar nicht mehr. Die Lust, die in ihm aufstieg, war nicht von dieser Welt. Licht streichelte seinen Körper, ein leichter Wind wehte durch sein Haar und er verlor das Gefühl für oben und unten.

Musik war in seinem Kopf und ihre Stimme.

„Gib mir einen Namen." bat die Stimme ihn immer wieder.

Stik war nicht in der Lage zu sprechen, nicht mal die Augen zu öffnen gelang ihm. Dafür erschienen Bilder in seinem Kopf. Frauen seines Volkes, denen er, nur zu gern, sein männliches Können bewiesen hat. Aber diese

Gestalten waren ihm egal. So wie sie erschienen, verschwanden sie wieder.

„Gib mir einen Namen."

Stik wollte ihr ja einen Namen geben, aber welchen? Und wie sollte er frei denken, wenn sein Körper eine einzige Wollust war?

Und dann war sie wieder direkt vor ihm. Schön und begehrenswert. Als er nach ihr greifen wollte, löste sie sich in eine Art Nebel auf. Stik versuchte, sich zu bewegen, aber so sehr er sich anstrengte, er schwebte in diesem Licht wie gefangen.

Das Bild, was er nun sah, hatte nichts mit Lust zu tun. Sein Körper entspannte sich. Ein warmes wundervolles Gefühl von tiefer Liebe und Zuwendung stieg in ihm auf. Erinnerungen an zu Hause, an eine tröstende Hand und eine Kopfnuss. Er sah seine Mutter.

„Rachel!" schrie er hinaus. Im selben Moment verlor er die Besinnung.

Anton war der letzte auf der Brücke. Die elf waren so schnell sie konnten hinübergelaufen, sobald die Brücke zu sehen war.

„Hat schon jemand von euch darüber nachgedacht, wie Stik zu uns kommen kann?" Magda zeigte offen ihre Angst um Stik.

In den Augen der übrigen war auch Besorgnis zu erkennen, das tat Magda sichtlich gut.

Dirk sah Stik als erster. Ohne etwas zu sagen, rannte er zurück auf die Brücke. Die anderen schrien ihm zu, sofort zurückzukommen. Als dann auch sie Stik liegen sahen, liefen sie Dirk nach.

Die elf trugen Stick von der Brücke. Erst da untersuchten sie ihn. Welch eine Erleichterung. Er atmete regelmäßig, sein Herz schlug kräftig. Aber er rührte sich nicht.

Silvia ging in den Wald und suchte Kräuter für einen Tee. Sie musste lange suchen und es wurde bereits dunkel, als sie zurückkam. Nachdem sie den Tee zubereitet hatte, versuchte sie, ihn Stik einzuflößen. Immer dabei die Angst, er könnte sich daran verschlucken und in seinem Zustand ersticken.

Nach einer Weile kamen alle zu dem Schluss, dass die Wache bei Stik bleibt und der Rest schlafen geht. Magda und Lisa waren wieder die erste Wache. Magda kniete sich neben Stik, legte seinen Kopf in ihren Schoss und sah ihn ununterbrochen an. Lisa plapperte wie immer über alles Mögliche. Heute war Magda dankbar dafür, so musste sie nicht erklären, warum sie so besorgt aussah.

„… und ist doch total in Cleo verliebt", meinte Lisa gerade.

„Wer?" fragte Magda aufschauend.

„Na der Steinbock, der Fred." Lisa sah Magda nun zum ersten Mal seit ihrer Wache an. Sie sah sofort dass Magda geweint hatte. Dann schaute sie zu Stik, der sich immer noch nicht rührte.

„Du liebst ja den Skorpion!" sagte sie entsetzt.

„Nein, nein, das kann nicht gut gehen. Der Mann schläft mit jeder Frau, die es ihm erlaubt. Der ist niemals treu. Außerdem ist er ein Skorpion und du eine Fische."

Magda sah sie an und sagte:

„Interessiert dich das? Wenn du den Männern schöne Augen machst, von welchem Volk sie abstammen?"

Lisa schaute sofort von Magda weg. Sie fühlte sich ertappt. Eigentlich war sie der Fischefrau sehr zugetan, aber warum musste sie ihr immer einen Spiegel vorhalten?

Die Diskussion endete damit, dass sich Stik zu rühren begann und beide Frauen sich sofort auf ihn konzentrierten. Der Skorpion schien aus der Ohnmacht in einen tiefen Schlaf gewechselt zu haben. Er würde genesen.

Der erste Minister rannte die Treppen zum Thronsaal hinauf, was in seinem fortgeschrittenen Alter nicht einfach war. Vor der Tür zum Saal holte er noch einmal tief Luft, ordnete seinen Mantel und dann trat er ein.

König Gother stand mit einigen Höflingen am Fenster und scherzte. Er fiel immer sofort auf, wenn er in einer Gruppe von Höflingen stand. Abgesehen von seiner Körperfülle war sein leuchtend blauer Wamst so mit Gold bestickt, dass er förmlich leuchtete. Er war bedeutend größer als jeder der anwesenden Männer. Sein Haar war von einer solchen Röte, dass man glauben konnte, es brenne im Sonnenlicht. Die Herren beobachteten ein Ballspiel der Hofdamen und schätzten die Proportionen ihrer Hinterteile ein, wenn sich eine der Damen bücken musste und eben dieser Körperteil auf sie gerichtet war.

Der Minister stellte sich zu den Männern und wartete, dass der König auf ihn aufmerksam wurde.

„Was gibt es denn so Eiliges?" fragte König Gother ihn. Dabei lachte er übers volle Gesicht, weil eine der Hofdamen in voller Länge hingefallen war und die schwere Garderobe es ihr fasst unmöglich machte, alleine aufzustehen. So zappelte sie mit Händen und Füssen, bis ihr jemand aufhalf.

„Es ist geschehen, mein König." brachte der Minister mühsam hervor und tupfte sich dabei mit einem kleinen Tüchlein den Schweiß von der Stirn.

„Sie sind über die verwunschene Brücke gekommen und auf dem Weg über das Gebirge!"

„Wer?" fragte der König gereizt, weil er wegen solcher lästigen Dinge, bei dem Spaß den er gerade hatte, gestört wurde.

„Die Sternenmenschen holen einen neuen Kristall, mein König. Wenn das geschieht, wird die Hexe wiederum viele hundert Jahre herrschen und König Hektor weiter im Felsen gefangen sein." erzählte der Minister fast weinerlich und vor allem viel zu schnell für des Königs Ohr.

Die alte Legende, schoss es Gother durch den Kopf. Von Generation zu Generation wurde sie weitererzählt. Die Legende über den in den Felsen des Gebirges eingeschlossenen Thronfolgers Prinz Hektor. Gother hat es immer für ein Märchen gehalten, aber das niemand je über die Grenze ins Land Zodiac kommt, ist eine Tatsache. Er kennt die Erzählungen über das wunderbare Land. Über die blühenden Felder. Die Wiesen, die Obstbäume und leise dahinfließenden Bäche.

Sein Volk, das Volk von Kataron, hatte ein hartes Leben. Nur Felsen und Steine bot die Landschaft. Die Menschen konnten nur Ziegen und Schafe halten. Der einzige Schatz des Landes war das Erz, das die Menschen mühsam aus dem Berg holten. Handel mit Zodiac war nicht möglich, niemand kam über die Grenze. Und nun sollen Bewohner von Zodiac es geschafft haben? Eigenartig.

„Wo sind die Leute aus Zodiac nun?" wollte Gother vom Minister wissen.

„Unsere Späher sahen sie ein paar Meilen von der Schlucht auf das Gebirge zugehen Herr." antwortete der Minister.

Sie sind also wirklich auf dem Weg nach Morf. Sie wollen einen Kristall holen. Warum tun diese Leute das? Die Hexe unterdrückt sie durch den Kristall. Sie alle sind versklavt. Sie dürfen nicht leben, wo sie wollen, sie dürfen nicht Handel treiben, mit wem sie wollen und sie dürfen nicht lieben wen sie wollen. Schon der Irrsinn, dass der Thron erkämpft werden muss. Gother war ganz und gar in Gedanken versunken.

„Wir müssen sie unbedingt daran hindern, einen neuen Kristall zu holen!" meinte Gother auf einmal.

„Würde Zodiac uns angreifen, wenn sie erfahren, dass wir ihre Leute daran hindern?" fragte General Karl.

Karl war ein hagerer junger Mann, der es schon früh beim Heer zu etwas gebracht hatte. Bei kleineren Auseinandersetzungen mit den Nachbarstaaten hat der General stets diplomatisches Geschick bewiesen, aber wenn es nicht anders ging, auch militärischen Mut.

„Das kann niemand sagen, General. Aber wir sollten davon ausgehen, dass sich die Hexe furchtbar rächen wird" meldete sich Königin Helma,

„Unser Urururururururururgroßvater König Bator war ein Großer Zauberer, er erschuf die Brücke. Er war aber nicht mächtig genug, seinen Sohn zu schützen. Heute haben wir keinen Zauberer an unserer Seite. Es wäre ein ungleicher Kampf gegen die Hexe."

Königin Helma ging direkt auf ihren Gatten zu. Als sie vor ihm stand, küsste dieser ihre Stirn und lächelte sie an. Der Minister, der diese Szene durchaus wohlwollend beobachtete war immer wieder überrascht. Obwohl Königin Helma bis heute keinen Thronfolger bekam, schien der König sie ernsthaft zu lieben. Ihre jugendliche Schönheit war seit langem einer anmutigen Grazie gewichen und ihr Verstand beeindruckte nicht nur den König.

„Der Zauber der Brücke ist gebrochen, meine Herrin, jemand hat der Wächterin einen Namen gegeben." warf der Minister ein.

„Nicht *jemand*, Minister. Ein Mensch mit einem Herzen voll mit Liebe gefüllt für einen anderen Menschen muss ihn ihr gegeben haben." sagte die Königin.

„Wir dürfen sie nicht direkt angreifen, wir müssen nur verhindern dass sie bis zum Kristall kommen. Mit List und gut durchdachten Attacken, damit niemand auf die Idee kommt, wir könnten dahinter stecken."

Gother schaute seine Frau an, nahm sie am Arm und zog sie mit zur Seite.

„Was, wenn der dann befreite Hektor seinen Thron will?" fragte er fasst ängstlich.

„Hektor hat keinen Anspruch auf den Thron, mein Gatte." versuchte Königin Helma ihren Mann zu beruhigen. Sie wusste genau wie Männer sein können, die meinen, einen Anspruch auf irgendeine Art von Macht zu haben. Bruder gegen Bruder, Sohn gegen Vater. Auch Urgroßvater gegen Enkel? Nichts war unmöglich. Hatte Gother mit seinen Befürchtungen Recht? Sollten sie der Hexe ruhig den Kristall lassen und dann weiter in Frieden leben mit Zodiac? Aber die unerschöpflichen Möglichkeiten von Handel und Wohlstand für das Volk von Kataron konnte man nicht einfach bei Seite schieben. Kataron hat Erze, Holz, Felle und Wildfleisch. Besonders mit den Erzen könnten sie eine Menge verdienen. Eine neue Zeit würde anbrechen, für beide Völker. Und sie, König und Königin von Kataron, würden in den weisen Büchern verewigt werden.

„General, setzen wir uns und beraten, was zu tun ist." wies Königin Helma an.

Das Abendfeuer brannte schon, als Stik auf einmal neben seinen Gefährten stand. Er war sich im Klaren, das sie nun wissen wollten, was geschehen war. Sie hatten ein Recht darauf. Niemand wagte, ihn zum Sprechen aufzufordern.

Mit einem Blick zu Magda sagte er kurz:

„ Ich habe sie nicht verführt. Sie benutzte *mich*.“

Dann setzte er sich hin und starrte ins Feuer.

„ Wie, was benutzte dich? Wozu? Hat sie dich verführt?“ fragte Wolf.

Stik sah ihn an. Was sollte er ihnen erzählen, von der Lust, die er empfand. Von der Befriedigung, die Besitz von seinem ganzen Körper nahm und die er so noch nie empfunden hatte, bei keiner der Frauen, bei denen er je gelegen hatte? Und sicher nie wieder so intensiv empfunden wird. Das konnte er nicht erzählen, also meinte er nur:

„Sie hat mich bewusst ausgesucht, um durch mich vom Fluch erlöst zu werden. Sie brauchte jemanden, der die wahre Liebe empfand. Ich sollte ihr einen Namen geben, was ich auch tat. Den Namen meiner Mutter. Unbefleckte, wahre Liebe. Damit war sie frei und die Brücke für alle Zeit begehbar.“

„Na, nach all‘ den Weibern, die du in deinem Leben schon benutzt hast, war das nur ein gerechter Ausgleich.“

Eik schaute Stik nicht einmal an, als er dies zu ihm sagte. Hätte er es mal getan, dann hätte er dem Schlag, der nun so unvorbereitet voll in sein Gesicht traf, ausweichen können.

Die Wucht des Aufpralls ließ ihn nach hinten fallen. Sein Glück. So konnte Stik nicht einfach ein zweites Mal zuschlagen, bevor die anderen ihn davon abhielten. Urs packe ihn von hinten und wollte ihn festhalten, aber Stiks Zorn ließ ihn riesige Kräfte aufbringen. Erst als Anton und Fred ihm halfen, konnten sie den Hünen bändigen. Nun rappelte sich Eik auf und wollte sofort auf Stik losgehen. Da stellte Dirk ihm ein Bein, sodass er sofort wieder hinfiel.

„Ist es nun gut?" keifte Cleo.

Die Wassermannfrau stellte sich breitbeinig zwischen die Kampfhähne. Ihre Lockenpracht flatterte im Wind. Ihr Gesichtsausdruck ließ erahnen, wozu sie bereit war. Die Männer ließen Stik und Eik langsam los. Jeder der beiden ging in die entgegengesetzte Richtung davon.

„Was sollte das nun eben werden?" wollte Lisa wissen.

„Der eine ist eifersüchtig, der andere verletzt. Keine gute Mischung zwischen zwei solchen Weiberhelden." meinte Wolf dazu und ging zurück zum Feuer.

Die Nächte wurden nun schon empfindlich kalt, bald könnte es schneien, dann wäre ein Übernachten im Freien kein Kinderspiel mehr.

Am Morgen lagen Stik und Eik auf ihren Schlafplätzen. Es hatte auch niemand angenommen, dass einer der beiden die Gefährten verlassen würde, wegen einer Rauferei.

Dass es mehr war als ein Klaps, was Eik da getroffen hat, wurde jedem klar, als sein Gesicht die Farben des Regenbogens annahm und seine Nase die Größe eines Apfels. Niemand rechnete damit, dass sich Eik oder Stik beim anderen entschuldigen würde. Die Fronten waren geklärt.

Stik erzählte nun ruhig und etwas ausführlicher, was er bei der Wächterin erlebt hatte. Allen war klar, dass viel Magie im Spiel war. Aber niemand hatte nur eine Ahnung davon, wer all dies bewerkstelligte.

Sie wollten noch einen Tag und eine Nacht ruhen, bevor sie das Land Kataron betreten wollten. Den alten Karten nach gab es dort Städte und Dörfer. Sie würden fremden Menschen begegnen. Menschen, die sicher andere Sitten hatten. Alle waren sich einig, dass sie äußerst vorsichtig vorgehen mussten, um auf keinen Fall Aufsehen zu erregen. Aber erregen nicht zwölf fremd aussehende Männer und Frauen von sich aus schon Aufsehen?

„Ich gehe jagen, wer kommt mit?" fragte Urs und blickte in die Runde. Alle standen fast gleichzeitig auf. Jeder wollte lieber unterwegs sein, als im Lager zu sitzen und auf das zu warten, was dann kam.

Unwillkürlich mussten alle lachen. Einige setzten sich wieder hin. Letztendlich gingen Urs, Stik, Anton, Wolf,

Lisa und Magda auf die Jagd. Die anderen wollten Trageriemen binden und Holz sammeln.

Die Jäger waren noch nicht allzu weit gegangen, da stießen sie auf einen See.

„Trockenfleisch haben wir für Tage genug, wie wäre es mit frischem Fisch heute Abend?" fragte Magda.

Die Idee fanden alle gut. Schnüre wurden an dünne Äste gebunden. Haken, soweit vorhanden, daran befestigt. Urs suchte einen Wurm, als er keinen fand, nahm er einen Käfer und steckte ihn auf den Haken. Lisa fand es ekelhaft.

Die Sonne schien, es war ein letzter warmer Herbsttag. Schwärme von Mücken tanzten über das Wasser. Libellen glänzten im Licht. Alles war fast wie in Zodiac. Aber es war nicht Zodiac.

Magda stieß Lisa an und machte ihr mit einer Kopfbewegung klar, ihr zu folgen. Lisa lief einfach hinter Magda her. Oft mussten die Frauen sich bücken, um nicht mit dem Kopf an herabhängende Äste zu stoßen. Als die Männer außer Hörweite waren sagt Magda:

„Wir könnten ein letztes Bad nehmen, bevor wir aufbrechen."

Und geschwind zog sie ihre Stiefel aus und warf sie zur Seite. Lisa schaute ihr noch einen Moment beim Ausziehen zu, als ob sie nicht begriff, was Magda wollte. Aber als sie dann Magda mit einem lauten Klatsch ins Wasser springen sah, beeilte sie sich, es ihr gleichzutun.

„Wo stecken die beiden Weiber?" wollte Fred wissen. Er hatte Anglerglück, im Gras lagen schon zwei prächtige Fische. Die anderen hatten weniger Glück. Entweder hatten sie noch gar nichts oder nur kleine Katzenfische gefangen.

„Keine Ahnung. Du weißt doch, wie die Frauenzimmer sind, die haben immer irgendwas zu plappern, " gab Wolf ihm zur Antwort.

Und dann, auf einmal sahen sie sich gegenseitig an. Ohne ein Wort standen sie leise auf und gingen in die Richtung, in der sie die Frauen zuletzt gesehen haben. Fast wäre Wolf über Magdas Stiefel gestolpert.

„Pst!"

Kam es aus allen Richtungen.

Hinter einer kleinen Anhöhe lagerten sich die Spitzbuben und beobachteten die Frauen beim Bad.

„Eigentlich darf ich das gar nicht machen." flüsterte Urs.

Für diese Bemerkung erntete er Kopfnüsse. Stik lag völlig verträumt da und bewunderte die nackte Haut der Frauen im Sonnenlicht. Wolf kaute auf einem Grashalm und bekam rote Ohren.

„Einen Kristall für deine Gedanken", raunte Anton ihm zu.

„Wenn ich nackte Weiber sehe, höre ich auf zu denken", gab er zur Antwort.

Spontan mussten die anderen prusten, so dass die Frauen sich sicher waren, nicht mehr allein zu sein. Sie warfen mit Wasserpflanzen in Richtung der Männer. Um ein Haar hätte Lisa Anton getroffen, der nun noch lauter lachen musste. Die Männer versuchten nun so schnell wie möglich zur Angelstelle zurückzukommen, um dann Unschuld zu mimen, wenn die Frauen dazukommen würden.

„Die beiden sind mir sowieso viel zu dürr. Eine Frau muss solche Brüste haben", erzählte Urs und machte dabei eine Handbewegung, als ob er sich selbst über riesige Brüste streichen würde.

„Nein, nein… klein und fest ist mir viel lieber", meinte nun Anton zu dem Thema.

„Fällt euch eigentlich auf, dass sich diese Frauen kaum von denen bei uns zu Hause unterscheiden? Gut, die Fischefrau ist sicher gefühlvoller als unsere Waagen und die Jungfrau plappert noch mehr als unsere, aber im Allgemeinen? Warum wäre es nun so verwerflich, eine Frau aus einem anderen Volk zunehme?" wunderte sich Wolf.

„Weil du mit einer anderen Frau keine Kinder zeugen kannst, du Kindskopf", warf Urs ein.

„Wer will von dir schon ein Kind"? fragte Anton fröhlich.

Urs sprang schneller auf, als es ihm jeder der Männer zugetraut hätte. Anton erkannte die Gefahr und rannte los, Urs ihm nach. Nach ein paar Metern hatte Urs den Widder eingefangen. Er trug ihn zum See, grinste ihm noch einmal frech ins Gesicht und warf ihn ins Wasser. Die Beobachter konnten sich vor Lachen nicht mehr auf den Beinen halten.

Fröhlich erzählend kamen die Angler im Lager an. Der Anblick, der sich ihnen bot, war erschreckend. Ihre Gefährten lagen auf dem Boden, mancher in eigenartiger Körperhaltung. Anton rannte zu Eik, der mit dem Gesicht zum Boden lag und drehte ihn vorsichtig um. Der Anblick seines geschwollenen Gesichts von Stiks Schlag war immer noch entsetzlich für ihn. Anton legte sein Ohr auf Eiks Brust, sein Herz schlug kräftig. Alle übrigen schienen auch am Leben zu sein. Niemand zeigte eine Art von Verletzung. Als noch diskutiert wurde, was passiert sein könnte, wachten die ersten wieder auf.

Dirk hielt sich den Kopf und versuchte aufzustehen. Stik stützte ihn und führte ihn zu einem Holzstoß, auf den Dirk sich setzen konnte. Von der Seite taumelte Cleo auf die beiden zu. Sie setzte sich neben Dirk und hielt sich ebenfalls den Kopf.

„Ich weiß es nicht", sagte Cleo zu Stik, deren Gesichtsausdruck ein einziges Fragezeichen war.

„Es muss mit dem Tee zusammenhängen, den Silvia ge-braut hat", sagte Fred. „Wir haben alle diesen Tee ge-trunken."

„Mein Tee ist völlig in Ordnung gewesen", keifte Silvia Fred an.

Ohne weiter auf die beiden zu achten, ging Stik zum Kes-sel mit dem Tee. Er versuchte einen Geruch zu erken-nen, aber seine Kräuterkenntnisse waren spärlich. Mi-chael trat zu ihm und sagte:

„Fred hat Recht, es muss am Tee gelegen haben. Alle haben davon getrunken, bevor wir einer nach dem an-deren eingeschlafen sind. Was viel wichtiger ist, hat sich Silvia vertan? Hat jemand etwas in den Tee getan und wenn, warum?"

Verblüfft schauten die, die Michael gehört hatten, den Löwemann an. Er zog in Erwägung, dass sie angegriffen wurden? Von wem? Sie sind noch keinem Menschen begegnet seit sie hier sind. Könnte es sein, dass die Brü-ckenwächterin zurückgekehrt war? Dann schoss es allen fasst gleichzeitig durch den Kopf. Wurde etwas gestoh-len?

„Die Karten sind weg", stelle Cleo fest.

Ohne die Karten würden sie nie ins Land Morf finden. Es war eine Katastrophe. Aber wer wusste von den Karten und wer hatte sie ihnen gestohlen. Fred rief alle zu sich und versuchte Ruhe in die Truppe zu bringen. Es war wichtig, nun nicht die Nerven zu verlieren und realistisch über die Lage und die Maßnahmen nachzudenken.

„Wir brauchen Informationen", begann Fred, „wir müssen eine Ortschaft finden. Vielleicht bekommen wir raus, wer uns bestohlen hat und wie wir die Karten zurückbekommen können."

Der Vorschlag war gut. Aber wie einen Ort finden, wenn man kaum weiß, wo man sich befand? Lisa fiel ein, was ihr Vater ihr als Kind beigebracht hatte. Wenn man sich verlaufen hat, soll man einen Bach suchen, oder einen Fluss. An Flüssen leben immer Menschen. Magda fiel der See ein. Der See war riesig, sicher müssten sie nicht lange um ihn herumlaufen, bis sie auf Menschen stießen. Also war es beschlossen. Wolf machte sich bei, den mitgebrachten Fisch zuzubereiten. Alle lobten nur um ein weiteres Mal seine Kochkünste. Nach dem Essen legten sie sich schlafen, um am folgenden Morgen ausgeruht zu sein.

Das Frühstück wurde fast schweigend eingenommen. Jeder dachte darüber nach, was dieser Tag ihnen bringen mochte.

Als sie an die Stelle am See kamen, an der die Männer die Frauen beim Baden beobachtet hatten, kicherten die Männer vor sich hin. Lisa holte aus und versetzte Anton eine Kopfnuss. Antons Gesichtsausdruck brachte nun die Frauen zum Lachen.

Und wir leben getrennt in Völkern, weil wir uns nicht verstehen? Michael verlor von Tag zu Tag mehr den Glauben an dieser Weisheit. Sicherlich war es anstrengend, jeden Tag wieder neue Seiten an Menschen zu erleben, die er nie zuvor bei seinem Volk erlebt hatte. Freds Verbissenheit faszinierte ihn ebenso wie das Bärenhafte an Urs. Er war immer der Meinung, die beiden Männer hätten so gar keinen Charme, aber würde er darum einen Krieg gegen sie beginnen?

Michael wurde plötzlich aus seinen Gedanken gerissen. Da waren Kataroner. Fischer schien es. Alle duckten sich.

„Einer muss hingehen und fragen. Wenn wir alle auf sie zugehen werden sie glauben, wir sind eine Räuberbande, mit all unseren Waffen", sagte Eik.

Natürlich hatte er Recht. Es wurde beschlossen, dass Dirk am unauffälligsten war. Außerdem hatte der Schütze nie Probleme, die richtigen Worte zu finden.

Etwas unsicher, aber doch aufrecht, ging Dirk auf die Männer an den Booten zu. Als sie seiner gewahr wurden, nahm einer von ihnen ein Paddel wie eine Waffe in die Hand. Schon wollte Wolf losgehen, um Dirk beizustehen, aber Cleo hielt ihn zurück.

„Er macht das schon", sagte sie nur kurz.

Nach kurzer Zeit sahen die elf, wie der Fischer das Paddel lachend ins Boot warf. Dirk setzte sich zu den Männern und es schien, als ob ihm etwas zu trinken angeboten wurde.

„Na fein, nun macht er es sich bequem", nörgelte Fred.

Aber auf einmal stand Dirk auf, verabschiedete sich lachend von den Fischern und ging über einen Umweg, was jeder der elf sehr weitblickend fand, zurück zu den Gefährten.

„Einen halben Tag in Richtung Westen ist die Hauptstadt von Kataron", sagte Dirk schon im Herankommen. „Da sollen viele Menschen leben, auch der König."

General Karl schaute gelangweilt aus dem Fenster, als er auf eine bunte Schar vor der Burg aufmerksam wurde. Schausteller waren immer gern gesehen, brachten sie doch Abwechslung in das tägliche Leben. Einer der Männer hatte ein eigenartiges Instrument in der Hand, es sah aus wie ein buntbemaltes Holzbrett, das man mit Sehnen überspannt hatte. Neben dem Mann lief eine Frau. Karl war sogleich fasziniert. Ihr stolzer Gang und ihre athletische Figur brachte das Blut in ihm zum Brodeln. Woher waren diese Leute? Oder sind das etwa die Zodiacs? Er begann sie zu zählen. Genau zwölf. Schnell lief er durch sein Gemach auf den Flur, über die Treppen direkt zum König.

König Gother stand mit dem Minister über einer Karte gebeugt und schienen angeregt zu diskutieren, als Karl die Tür aufriss und ohne Aufforderung eintrat.

Der Minister wollte gerade seinem Unmut über dieses Benehmen freien Lauf lassen, als Gother ihm eine Hand auf die Schulter legte und zu Karl gewandt sagte:

"Es wird sicher einen triftigen Grund für euer Benehmen geben, General?"

„Ja, mein König, die Zodiacs sind schon in der Stadt, ich habe sie vor wenigen Sekunden genau unter meinem Fenster gesehen."

Karl sah seinem König bei diesen Worten direkt in die Augen.

Gother warf die Kreide, die er in der Hand hielt, auf die Erde. Wo waren seine Späher. Hatten sie etwa schon die Kontrolle verloren?

„Ich will sie sehen. Bringt mir andere Kleidung. Etwas Bürgerliches, Unauffälliges. Und beeilt Euch!" sagte Gother im scharfen Ton.

„Was habt ihr vor, Herr?" fragte der Minister. „Ihr wollt doch nicht auf die Straße gehen. Wo Feinde in unserer Stadt sind?"

Ob es Feinde sind, wollte Gother ja erst feststellen und dazu musste er sich einen eigenen Eindruck machen. Schon des Öfteren war er verkleidet unter sein Volk gegangen, um die wirklichen Meinungen einzuholen und nicht nur das zu erfahren, was seine Ratgeber ihm erzählen wollten.

„Die Königin wird nicht informiert Minister, wehe euch!" sagte der König und schaute den Minister dabei an, als hätte der es schon getan.

In der Zeit, in der der König seine Verkleidung anzog, verwandelte sich der General ebenfalls in einen schlichten Soldaten. So konnte er unauffällig Waffen tragen, zog aber kaum Aufmerksamkeit auf sich.

Zu zweit verließen der König und sein General über das Kuhtor die königliche Burg. Über die Zugbrücke hinunter in die Stadt und durch die Gassen der Handwerker hindurch suchten sie nach den Zwölf. Dann sah Karl gerade noch, wie zwei von ihnen in einem Wirtshaus verschwanden.

Es war das Wirtshaus „Zum Schwarzen Adler". Der Wirt vermietete auch Zimmer und als Karl und der König eintraten, hörten sie eben, wie einer der Männer fragte, ob noch Zimmer zu haben sind.

Karl und Gother schenkten den Fremden keinen Blick. Sie setzten sich in eine Nische am Fenster. Von dort aus konnten sie den gesamten Wirtsraum beobachten. Ein junges Mädchen kam auf sie zu und fragte nach ihren Wünschen. Die Männer verlangten nach Wein und legten gleich die Bezahlung auf den Tisch, so war es Brauch. Die Zwölf saßen zusammengerückt an einem langen Tisch. Die Bänke zu beiden Seiten des Tisches bot gerade so Platz für jeweils sechs Leute.

Im Kamin, ihnen gegenüber, brannte ein helles Feuer und über dem Feuer ließ ein saftiger Braten seinen Duft über den gesamten Raum schweben.

„Wenn wir hier etwas essen und Zimmer nehmen, fallen wir sicher auf, mit unseren fremden Münzen." sagte Magda leise zu Stik, der neben ihr saß.

Stik zog einen Goldtaler aus seiner Tasche und betrachtete ihn. Der Taler konnte von überall her sein. Händler haben oft fremde Taler in ihren Geldsäcken. Stik glaubte nicht, dass das ein Problem sein dürfte.

Der Wirt kam auf die Zwölf zu und sagte:

„Eure Zimmer sind fertig. Ich hoffe, es ist euch recht, dass jeweils vier von euch in einem Zimmer schlafen müssen. Wenn ihr noch etwas speisen wollt, sagt es nur und vor allem, zeigt ob ihr es euch auch leisten könnt, Fremde."

Wolf warf dem Wirt drei Goldstücke entgegen. Dieser fing sie auf und knallte sie zusammen auf die Tischplatte. Dann nahm er einen einzelnen Taler vors Auge und betrachtete ihn lange. Zu lange für Magdas Geschmack.

„Das ist gutes feines Gold, willkommen in Kataron, Fremde." sagte der Wirt und machte einen leichten Diener, dann rief er den Küchenmägden einige Anweisungen zu. An deren Gesichtsausdruck war deutlich zu erkennen, dass sie über das Mehr an Arbeit nicht erfreut waren.

Nachdem sich alle am Essen gelabt hatten und die Männer voller Wonne laut röbsten, kam ein Mann an den Tisch der Zwölf gewankt.

„Ein paar schöne Weiber schleppt ihr da mit euch umher, Fremde. Was muss ein Handwerksmeister bezahlen, um eine von denen für sich zu erwerben?" lallte er.

Der Wirt kam zum Tisch und zog an dem Mann herum.

„Geh nach Hause, Tom. Deine Frau, die Götter sollen sie in Frieden aufgenommen haben, würde sich für dich schämen." sagte er zu dem Mann und versuchte ihn aus der Wirtsstube zu zerren.

Der Betrunkene wurde nur noch wütender. Lisa stand auf und ging zu dem Mann. Der war durch diese Geste sichtlich verwirrt.

„Ihr habt eure Frau verloren, das schmerzt. Aber dieser Schmerz wird vergehen."

Lisa sagte diese Worte langsam und fast geflüstert zu dem Mann. Vor sich hin murmelnd verließ er darauf das Wirtshaus.

Karl, der die Szene intensiv beobachtete, hielt es kaum auf seinem Schemel aus. Am liebsten wäre er zu Lisa gestürmt, um sie zu küssen. Aber ein plötzlicher Aufschrei riss ihn aus seinen Gedanken über Lisa.

„Die Hexe hat Tom verhext. Was hat die mit ihm gemacht? Das sind Fremde. Niemand kennt sie und alle tragen Waffen. Sicher sind es die Soldaten der Hexe. Jagt sie davon, hängt sie an einem Strick auf, bevor sie alle Männer verhext!" rief ein Mann in den Raum.

Noch bevor auszumachen war, wer der Kerl eigentlich war, stimmten noch mehr betrunkene Zecher ihm zu.

Lisa zog Ihren Dolch aus dem Gürtel und wartete auf einen Angriff. Die anderen Gefährten hatten auch schon ihre Waffen gezückt. Der Anblick von zwölf schwer bewaffneten Männern und Frauen machte den Trunkenbolden dann doch Angst, und der Wirt konnte sie mit leichter Hand aus dem Haus werfen.

„Ihr müsst ihnen verzeihen. Es geht ein Gerücht um, dass Krieger aus Zodiac unser Land bedrohen. Nun sehen einige hier in jedem einen Hexer oder Feind." So sprach der Wirt und schaute dabei immer intensiver die Zwölf an.

Dann warf er zwei der drei Goldstücke auf den Tisch und sagte:

„Ihr könnt hier nicht übernachten!"

Er drehte sich auf dem Absatz um und würdigte die Zwölf keines Blickes mehr.

„So also gehen meine Bürger mit Fremden um." sagte Gother leise zu Karl.

Er stand auf und ging direkt aus dem Wirtshaus. Karl schloss sich seinem König an, wobei er nicht vergaß, noch einen Blick auf Lisa zu werfen.

Die Zwölf suchten ihre Sachen zusammen und wollten gerade hinaus in die Nacht, als eine alte Frau sie ansprach:

„Nicht weit vor der Stadt ist eine verlassene Scheune, nicht üppig, aber ein Dach über dem Kopf. Ich führe Euch dort hin, wenn es euch recht ist."

Niemand sagte ein Wort, alle gingen einfach hinter der Frau hinterher. Magda ging direkt hinter der Frau, als sie die Stadt hinter sich ließen. Die Alte hinkte mit einem Bein. Magda war sich sicher, das schon einmal gesehen zu haben. Eine etwas gebeugte Person mit einem hinkenden Bein. Und dann fiel es ihr ein. Damals, als sie mit Lisa auf Wache war.

„Warum hilfst du uns, Mütterchen? Wir könnten Verbrecher sein, Halsabschneider oder noch schlimmer, Hexen." sagte Magda so laut, dass es kaum jemand überhören konnte.

„Wer tut denn einem so alten Weib wie mir etwas an? Und wenn, ich sterbe sowieso bald." kicherte die Alte.

Der Morgen war kalt und neblig. Niemand hatte Lust, sich von den warmen Decken zu trennen. Die Alte hatte schon Feuer gemacht und Wasser aufgesetzt. Nach und nach warf sie Kräuter in den Topf.

„Sie wird uns ja wohl nicht vergiften wollen, oder?" fragte Wolf. „Es wäre ja nicht das erste Mal, dass das jemand versuchen würde."

„Niemand tut auf dieser Welt etwas umsonst. Frau, warum hilfst *DU* uns?" fragte Anton.

Dabei sah er der Alten genau in die Augen, als ob er in ihre Seele schauen könnte.

„Ihr seid aus Zodiac und wollt einen Kristall aus dem Land Morf holen. Ich bin alt und schwach. Die Legende sagt aber, ein Kristall aus Morf bringt Gesundheit und

Jugend zurück, darum will ich euch begleiten." krächzte die Alte.

Nun wussten alle: Ihr Geheimnis war gar kein Geheimnis. Das war fast allen schon nach dem Besuch des Gasthauses klar. Sie selbst wussten kaum etwas von der Welt außerhalb von Zodiac. Woher wussten diese Menschen so viel über sie?

Anton beugte sich wieder zu der Alten und flüsterte ihr ins Ohr: "Was weißt du über Zidiac?"

Die Alte hörte nicht auf, in dem Topf mit den Kräutern zu rühren, als sie sprach: „Die Menschen in Zodiac sind die glücklichsten Menschen der Welt. Keine Kriege, keine Auseinandersetzungen. Sie müssen sich um nichts Sorgen machen. Alles seit Jahrhunderten beim alten. Keine Verwirrungen durch komplizierte Liebe."

Anton musste nachdenken. Er schaute zu Michael und fragte: "Können wir reden?"

Michael war seit langem Antons Vertrauter. Die beiden Männer verstanden sich in vielen Dingen blind. Und genau das war das Thema, das Anton beunruhigte. Folgt man der Meinung der Alten, wäre dies alles hier gar nicht möglich. Es gibt keine Kriege, weil die Sternzeichen getrennt leben. Warum verstehen sich aber ein Widder und ein Löwe vortrefflich? Warum gibt es da diese Spannungen zwischen der Wassermann und dem Steinbock, die hier jeder als Liebespaar empfindet? Und warum, verdammt, sehen der Löwe und der Widder der Fische so gern zu, wenn sie mit dem Schützen ihre kindlichen Spielchen spielt?

„Du wolltest reden, nun schweigen wir schon eine Stunde." meinte Michael und stopfte sich seine Pfeife neu. Seit er viel Zeit mit Anton verbringt, hat er Gefallen an dem Tabakgeschmack gefunden.

„Würdest du dir eine Widderfrau nehmen, so als Weib?" fragte Anton und sah dem Löwen dabei genau an.

„Nein, ich bin ein Kerl, ich will Söhne. Und Kinder kann ein Löwe immer nur mit einer Löwin haben."

„Hat das jemals jemand probiert?"

„Nicht, dass ich wüsste."

„Früher muss das doch funktioniert haben. Die Trennung der Sternzeichen ist ja nicht von Anfang an so gewesen. Früher gab es Eheleute von verschiedenen Zeichen. Die Menschen in diesem Land leben auch nicht getrennt und ich habe nicht den Eindruck, dass hier alle aggressiv umher nörgeln."

„Stimmt, der einzige, der hier umher nörgelt, ist Fred."

„Nun lass ihn, er ist sinnlos verliebt." lacht Anton.

„Warum sinnlos?"

„Naja, die Wassermann zeigt kein Interesse an ihm."

„Ja, das ist bei den Löweweibern anders. Haben die sich für einen entschieden, jagen sie ihn sich."

Die beiden Männer lachten und beobachteten wie ein paar Vögel über einen kleinen Weiher flogen. Dieses Land hier war felsig, nicht so sanft wie die Natur von Zodiac, trotzdem war es schön, auf seine Art. Zodiac, Sehnsucht kam auf. Viele Monate waren sie nun schon unterwegs und noch weit von ihrem Ziel entfernt. Und was war ihr Ziel noch? Die alten Traditionen von Zodiac erhalten? Und für wen? Würden sie heute, in diesem Moment gefragt, ob sie noch mit dem gleichen Elan wie am ersten Tag an ihre Mission glauben, sie würden sicher lange überlegen müssen. Alles hat sich verändert, nicht nur die Natur die sie umgibt, auch sie selbst.

König Hagen ritt langsam über den Burghof. Drei Tage Jagd im Land der Fische hatten ihn ermüdet. Ein Bad und Schlaf, das war es, was er nur noch wollte.

Als er vom Pferd stieg, stand Sahra neben ihm. Sie strahlte ihn an und setzte ihm einen Blütenkranz auf den Kopf.

„Willkommen zu Hause, mein König."

Welche Schönheit, welche Anmut, konnte Hagen nur denken und gab ihr einen Kuss auf die Stirn. Welche Verschwendung. Schon längst hätte sein Mündel einen Mann ihres Volkes wählen müssen, aber er hatte ihr

Versprechen müssen, sie niemals gegen ihren Willen zu verheiraten und bisher hatte sie jeden Freier der Krebse abgelehnt. Hätte sie einen angenommen, hätte es ihm sicher das Herz gebrochen, aber das wusste Sahra nicht.

„Wie war die Jagd?" fragte sie fröhlich.

„Erfolgreich."

Die Fische jagten nicht gern Wild. Die Menschen dieses Zeichens waren sehr tierlieb und sensibel. Das meiste Fleisch kauften sie bei Bauern der Stiere. Diese waren mehr praktisch veranlagt, was die Nahrungsbeschaffung betraf. Damit das Wild in den Wäldern der Fische nicht überhandnahm, was es dem Königshof erlaubt, dort zu jagen. Was Hagen auch gern tat, hin und wieder.

Sahra hatte ihm ein Bad herrichten lassen und frische Blumen auf den Tisch in seinem Schlafgemach gestellt, so dass das ganze Zimmer herrlich duftete. Hagen zog seinen Lederwamst aus und die Beinkleider. Zwei Diener kamen gelaufen, ihm zu helfen und das Badewasser zu kontrollieren. Hagen mochte es nicht, diese übertriebene Zuwendung der Dienerschaft. Er schickte die Zwei raus und stieg in die Holzwanne.

„Soll ich dir den Rücken schruppen?" fragte Sahra. Sie stand hinter seinem Rücken und er musste sich hoch aufrichten in der Wanne, um sich zu ihr umdrehen zu können.

„Was tust du hier, das ist unschicklich."

„Unschicklich? Ich will ja nur meinem Oheim den Rücken waschen."

Wie sie da stand. Wie ihre Haare offen an Ihrem schlanken Hals entlangflossen.

„Los, mach dich raus!" schnaubte Hagen sein Mündel an.

Sahra zog ein Schippchen und schlenderte langsam aus dem Zimmer. An der Tür angekommen, drehte sie sich um und steckte Hagen die Zunge raus. Der tauchte in der Wanne unter und war froh, dass Sahra nicht sehen konnte, wie sehr ihm diese Szene gefiel.

Und wieder waren sie da, die verbotenen Gedanken. War das alles richtig. War das alles zum Wohle Zodiacs? Lebten die Gesandten noch? Was wird, wenn sie keinen Kristall bringen und was wird, wenn sie einen bringen. Soll alles beim alten bleiben?

Hagen legte seine Hände an seine Schläfen und schaute aus dem Fenster. Fragen, Fragen und wo bleiben die Antworten? Ich muss zum Orakel. Sofort!

„Diener!" rief Hagen laut und die Dienen kamen wie Bienen, die in den Bienenstock flogen in sein Schlafzimmer.

Zusammen mit drei Bewaffneten ritt König Hagen zum Berg des Orakels. Bis zum westlichen Gebirge werden sie einige Stunden benötigen. Im Land der Widder werden sie die Pferde wechseln.

Hagen war angespannt. Wie würde das Orakel auf seine Fragen reagieren? Und was sollte er fragen?

Schon wieder Fragen.

Die Sonne ging langsam unter, als sie das Widderland erreichten. In einem Gasthof machte sie kurz Rast. Die Menschen, die ihren König gewahr wurden, waren mehr als verwundert. Aber niemand wagte, sich an ihn zu wenden. Hagen war froh darüber. Was sollte er ihnen sagen? Euer König bringt euch alle in Gefahr, durch seine Fragen?

Das Orakel wohnt in einer Hütte, die direkt in den Fels gehauen worden war. Die vier Männer mussten zu Fuß zur Hütte aufsteigen, für die Pferde war der Pfad zu steil. Inzwischen war es stockdunkel geworden. Hagens Begleiter zündeten Fackeln an, und leuchteten ihrem König den Weg.

Die Hütte lag im Dunkeln, kein Licht, kein Rauch kam aus dem Schornstein. Ein Ritter drückte die Türklinke, die Tür war verschlossen.

„Mach sie auf." sagte Hagen zu ihm.

Der Mann zögerte, trat dann aber so kräftig gegen die Tür, das das Schloss zersprang und die Tür sich öffnete. Stille.

Aber da, ein Huschen, ein Knacken. Die Männer hielten die Fackeln hoch, damit der Raum erleuchtet wurde. Der Raum war klein. Ein Tisch, zwei Hocker, eine Schlafstatt.

Den größten Platz nahm der Kamin ein. Irgendwie roch es erdig in der Hütte. Und da, hinter den Töpfen und Kesseln, die überall herumstanden, verbarg sich jemand. „Komm raus!" rief Hagen, „dein König steht vor dir!" Unbeeindruckt blieb das Etwas hinter den Kesseln hocken. Da Hagen der einzige war, der keine Fackel halten musste, zog er sein Schwert und ging auf die Stelle zu, in der er das Wesen vermutete. Das erkannte nun seine Not und versuchte, vor Hagen zu fliehen. Kessel polterten über den Boden. Hagen stürzte fast über einen Topf mit Erde. Die Ritter versuchten ihrem König Licht zu geben. So entstand ein großes Gewirre in der kleinen Hütte. Ein Ritter war so geistesgegenwertig, die Tür mit seinem Körper zu verstellen. Als das Wesen das erkannte heulte es kurz auf, was die vier sehr verwunderte, weil der Ton, den es von sich ließ, nichts Menschliches an sich hatte. Hagen gab seinen Männern ein Zeichen, sich völlig still zu verhalten. Und dann vernahmen sie alle vier das leise Wimmern, das aus einem großen Kessel zu kommen schien. Hagen ging auf den Kessel zu und sah hinein. Da hockte ein kleiner Mensch, so dachte er, nicht grösser als ein sechsjähriges Kind. Er packte es am Oberarm und zog es mit einem Ruck aus dem Kessel, dann setzte er es vor sich ab und ließ sich eine Fackel geben, um es sich besser betrachten zu können. Das Gesicht war alt, aber der Körper war dem eines Kindes ähnlich.

Auf dem Kopf wuchsen schwarze, verfilzte Haare. Mit einer kurzen Handbewegung hob Hagen den ärmlichen Kittel, den es trug. Mit einem leisen Aufschrei ging Hagen einen Schritt zurück.

„Bei allen Göttern, was … wer bist du?" fragte Hagen

„Ich bin Mo." sagte es mit einer Festigkeit in der Stimme, die niemand erwartet hatte.

„Der Hausdiener der Hexe." fügte es hinzu

Welcher Hexe?" wollte Hagen wissen.

„Was? Welcher Hexe? Na der Hexe Edna. Soweit ich weiß, ist sie die einzige Hexe im Land Zodiac."

„Aber sie ist doch ein Orakel, keine Hexe!" meinte einer der Ritter.

„Die Alte ist so wenig Orakel, wie ich Junge oder Mädchen!" lachte Mo.

„Die Edna ist eine viele hundert Jahre alte, waschechte Hexe. Kriege hat sie geführt, Menschen getötet, Menschen verzaubert und verbannt. Den Sohn des Nachbarkönigs hat sie in einen Fels eingeschlossen, nur weil er sie nicht heiraten wollte. Na dafür ist sie ja auch ganz groß verflucht worden."

Mo kicherte in sich hinein, als er dies alles sagte. Pausenlos zerrte es an seinem Kittel herum. Scheinbar machte es ihm Spaß, so über seine Herrin zu reden.

Hagen und seine Männer standen mit offenen Mündern vor diesem kleinen Etwas und verstanden ihre Welt nicht mehr.

Nach einer kurzen Zeit des Schweigens, nahm Hagen den Wicht an den Hüften, hob ihn hoch und setzte ihn auf den Kaminsims.

„Du wirst uns nun alles erzählen, was du weißt. Alles! Bleibst du bei der Wahrheit und verschweigst uns nichts, sollst du ein gutes Leben bei uns haben. Wenn nicht, werfe ich dich einfach vom Felsen." sagte Hagen in seinem bekannten ruhigen Bass.

Mo sah Hagen an. Rutschte ein wenig mit seinem Hinterteil auf dem Sims herum und begann zu erzählen.

Er erzählte, wie schön die Hexe Edna vor vielen hundert Jahren war. Und wie sie von den Menschen und den Zauberern bewundert wurde. Sie war nicht nur schön und mächtig an Zauberkraft, sie war auch reich. Immer wieder brauchten die Menschen ihre Hilfe, besonders bei kriegerischen Auseinandersetzungen. Und ihre Hilfe ließ sie sich gut bezahlen. Mit der Bewunderung kam der Stolz in ihr Herz. Bald konnte sie keine anderen Zauberer mehr neben sich ertragen. Viele wurden Opfer ihrer Heimtücke. Andere wanderten in andere Länder aus, um in Ruhe leben zu können.

So zog in jungen Jahren auch Bator fort. Bator war ein Zauberer, der sich als Heiler einen Namen gemacht hatte. Er war ein hübscher junger Mann. Der Spaß am Reiten machte seinen Körper athletisch. Die junge Edna fand Gefallen an Bator, aber der wollte mit dem Ränke suchenden Weib nichts zu tun haben. Und als er von Kaufleuten erfuhr, dass es im Lande Kataron einen Heiler gäbe, von dem er noch viel lernen könne, packte er seine sieben Sachen und wanderte über das Gebirge davon.

Vor lauter Wut über seinen Weggang verhexte Edna das Wetter und ließ es sieben Wochen regnen. Die Ernte war verdorben und im darauf folgenden Winter starben viele Menschen an Hunger.

So wie sich das Wesen der Hexe veränderte, veränderte sich auch ihr Äußeres. Die Schönheit schwand. Und das machte sie noch gefährlicher.

Nach einigen Jahren kam ein Händler in die Stadt. Er kam direkt aus Kataron und wollte Felle verkaufen. Edna ließ den Händler in ihr Haus kommen. Damals bewohnte sie ein großes Anwesen. Sie liebte es zu reiten. So hatte sie einen Marstall, dessen sie sich vor keinem König zu schämen brauchte. Dutzende von Mägden und Knechten waren für ihr Wohl verantwortlich. Aber kein lustiges Lied war je zu hören, kein Lachen erhellte die kühlen

Mauern des großen Hauses. Angst war unter dem Gesinde. Strafen an der Tagesordnung.

Der Fellhändler war ein geschwätziger Mann und als er im Hause der Hexe war, erzählte er ihr vom Land Kataron.

Edna interessierte sich nicht für den Tratsch aus einem fernen Land und eben wollte sie ihm den Mund verbieten, da viel der Name Bator. Sie erfuhr, dass Bator durch Heirat König geworden war und einen Sohn von 20 Jahren hatte. Das alle großen Respekt vor ihm hatten, weil er ein mächtiger Zauberer war.

Edna hörte ab dem Zeitpunkt nicht mehr zu. Ihre Gedanken kreisten nur noch um Bator und dass er König war.

Nun hatte sie es eilig, den Händler los zu werden. Eilig ließ sie sich ihre wertvollsten Kleider in Truhen packen und ihre Reisekutsche fertig machen.

Schon am nächsten Morgen brach sie mit ein paar Bediensteten auf, ins Land Kataron.

Der Weg war weit und unbequem. Die Hexe wurde immer launischer, und die mitreisenden Mägde mussten Tag für Tag Ohrfeigen und Fußtritte ertragen. In den Gasthöfen, in denen die Hexe übernachtete, kam es ständig zu Auseinandersetzungen mit den anderen Gästen. Zum Glück sollte niemand mitbekommen, wer da am Reisen war. So konnte sie niemanden verhexen oder umbringen, das wäre zu auffällig gewesen.

Nach einigen Wochen kamen sie an die Schlucht, die Zodiac von Kataron trennte. Die Holzbrücke war für eine so schwere Kutsche nicht stabil genug. So musste die Kutsche entladen werden und die Reisenden mussten mit dem Gepäck zu Fuß über die Brücke gehen. Als alle am anderen Ende angelangt waren, hob die Hexe die rechte Hand und schrie einen Fluch über die Brücke. Die zersprengte sofort in tausend Stücke und stürzte in die Schlucht. Einer der Kutscher stürzte um, als sei nie Leben in ihm gewesen. Eine winzige Blutspur lief ihm über die Stirn. Ein Nagel war in seinen Schädel gefahren. Ein Angstschrei entsprang dem Gesinde bei dem Anblick. Als die übrigen Bediensteten Anstalten machten, den Leichnam aufzunehmen, hob die Hexe erneut die Hand, murmelte etwas vor sich her und die Leiche schwebte, wie von unsichtbarer Hand getragen bis zum Abgrund. Dann viel der Tote einfach in die Schlucht.

Edna lachte laut auf.

„Wir werden nicht zurückkehren, ich werde Königin von Kataron!"

Dann stieg sie wieder in die Kutsche, als wäre nichts geschehen.

Schon von weitem sah die Hexe die Königsburg. Dort werde sie bald leben, davon war sie überzeugt.

Sie stieg in einem vornehmen Gasthof ab, ließ sich ein Bad richten und ihre blonden Haare so lange bürsten, bis sie in der Sonne glänzten. Sie ließ sich ein dunkelblaues Kleid bringen und einen mit vielen Edelsteinen besetzten Gürtel. Keinen Schmuck in die Haare, sie wollte jung wirken. Schön wollte sie sein, schön für den Mann, der sie auf den Thron bringen würde, Bators Sohn.

Bator saß auf dem Thron, als Edna den Thronsaal betrat. Er hatte etwas Bauch bekommen und sein Haar war schon recht dünn geworden. Er trug die königlichen Zeichen Katarons, eine eiserne Krone mit einem großen roten Robin genau auf der Stirn. Und neben ihm stand sein riesiges Königsschwert an den Thron gelehnt. Jederzeit sofort greifbar, im Falle eines Überfalls auf seine Person. Auf einem etwas kleineren Sessel neben dem Thon saß Königin Anna. Anna war eine zierliche, etwas unscheinbar wirkende Frau. Sie war für eine Königin recht schlicht gekleidet in ihrem braunen schmucklosen Kleid. Ein feiner Schleier bedeckte ihre schon grauen Haare. An den Händen trug sie nur den Ehering, und die Hände sahen aus, als würde sie täglich im Garten arbeiten.

Bator fragte nach Ednas Begehren. Er war nicht erfreut, die Hexe nach all den Jahren wieder sehen zu müssen. Er musterte sie genau und bemerkte sofort, dass auch sie, wie er selbst gealtert war. Trotzdem war sie immer noch recht gut anzusehen.

Die Hexe sah Bator kaum an. Sie hatte in keiner Hinsicht Bedenken wegen ihres Erscheinens. Keck nahm sie ihren Umhang ab und warf ihn einer ihrer Mägde zu, die beim Auffangen des schweren Kleidungsstücks ein wenig in die Knie gehen musste, um nicht das Gleichgewicht zu verlieren.

Sie erzählte aus dem Stand, warum sie da wäre, nämlich um Hektor, Bartors Sohn, zu ehelichen. Würde der König sich dagegenstellen, würde sie alle Macht aufbringen, Kataron zu vernichten.

Bator soll daraufhin laut gelacht haben, worauf der ganze versammelte Hofstaat auch lachte.

Mo machte an dieser Stelle eine Pause vom Erzählen.

„Erzähl weiter, erzählt weiter. Was tat die Hexe darauf?" fragte Hagen aufgeregt.

Also erzählte Mo.

Sie soll einen Stab aus ihrem Gürtel gezogen, ihn auf Königin Anna gerichtet und etwas in einer unverständlichen Sprache gemurmelt haben.

Als Bator Annas Hand ergreifen wollte, konnte er sie nicht mehr fühlen, sie war versteinert.

Bator rüttelt an ihr, er zerrte an den Kleidern. Die Krone viel von ihrem Kopf und rollte über den Boden. Er tobte, er fluchte, er bettelte, er weinte. Er flehte die Hexe an, es rückgängig zu machen.

Nun war es an Edna zu lachen. Sie erfreute sich an den Leiden eines liebenden Mannes. Sie genoss die Rache des verschmähten Weibes in vollen Zügen. Die Ritter im Saal die sich vom Schock als erstes erholt hatten, zogen ihre Schwerter und gingen auf die Hexe los. Sinnlos. Durch einen Wink mit dem Stab flogen den Rittern die Schwerter aus der Hand und dann fielen sie selbst auf den Boden. Lautes Klirren ihrer Rüstungen begleitete ihre Stürze. Die Hofdamen weinten und liefen schreiend aus dem Saal.

Von all dem Lärm angezogen, erschien nun Hektor mit gezogenem Schwert im Thronsaal. Noch wusste er nicht, was geschehen war. Er sah seine Mutter kerzengerade neben seinem Vater sitzen. So nahm er an, dass den Beiden nichts geschehen wäre. Warum der Aufruhr?

Als Edna Hektors bewusst wurde, ging sie ohne Zögern auf ihn zu. Sie legte dabei ein Lächeln an den Tag, das jeden Liebenden erfreut hätte, so war Hektor aber noch verwirrter als ohne hin schon.

Bator rief Hektor zu sich. Der ging, nicht die Augen von Edna lassend, zu seinem Vater. Als Hektor nun vor seinen Eltern stand, sah er sofort, dass mit seiner Mutter etwas schrecklichen passiert sein musste. Er fasste ihre Wange an, so wie er es so gern tat und fühlte den Stein. Pure Verzweiflung stieg in dem Sohn auf.

Die Augen voller Tränen, ging er mit großen Schritten auf Edna zu. Die Hexe wich keinen Zoll zurück. Blitzschnell erhob sie Ihren Stab und richtete ihn auf Bator. Hektor blieb unvermittelt stehen und starrte die Hexe an.

„So wird es auch deinem Vater ergehen und jedem der sich gegen meinen legitimen Aufstieg auf diesen Thron entgegenstellt!"

Als Edna dies herausbrüllte, stemmte sie ihre Hände fest auf die Hüften. So wirkte schon ihre Körperhaltung bedrohlich.

Hektor sah sie nun verwundert an.

„Wie willst du legitim auf diesen Thron?"

„Durch Heirat, durch Heirat mit dir!" sagte sie in einem fast lieblichen Ton zu Hektor.

Völlig verwirrt sah er zu Edna und dann zu seinem Vater.

Die Hexe ergriff nun das Wort und schilderte unter einem hysterischen Gelächter, was sie alles der königlichen Familie und dem Volke Katarons anzutun gedenke.

Von Dürren sprach sie und von Hunger. Von toten Kindern und weinenden Weibern.

Dabei ging sie in langsamen Schritten im Thronsaal umher. Die Augen mal zur Decke gerichtet, mal auf Hektor oder Bator. Immer darauf bedacht, keinem der anwesenden Ritter den Rücken zu zuwenden.

„Niemals werde ich dich heiraten und dir und deinen Nachfahren damit ein Recht auf diesen Thron geben." schrie Hektor die Hexe an.

Edna drehte sich kurz um, richtete ihren Stab auf Hektor, der wie vom Blitz getroffen verschwand.

Bator lief zu der Stelle, wo eben noch sein Sohn stand, fiel auf die Knie und begann zu weinen. Langsam wiegte er seinen Oberkörper hin und her. Sein Klagen erweichte jeden der es vernahm. Einigen Rittern standen die Tränen in den Augen. Einer von ihnen hielt es nicht mehr aus und lief mit gezogener Axt auf die Hexe zu. Noch einige Schritte von Edna entfernt, fiel er um wie ein Stein und tat seinen letzten Seufzer. Woraufhin die Hexe laut anfing zu lachen.

„Kapiere es endlich Bator, ich bin zu mächtig. Keiner deiner Ritter kann mich schlagen, du kannst mich nicht schlagen, du bist nur ein Heiler. Gib mir deinen Sohn zum Mann, zwinge ihn."

„Mein Sohn lebt?" rief Bator aus.

„Leben würde ich es nicht nennen. Ich habe ihn solange in den Fels des Gebirges eingeschlossen, bis er bereit ist, mein Gatte zu werden. Nur ich oder mein Tod, kann ihn befreien."

Als sie gerade an den übrigen Rittern vorbei ging und Ihren Redeschwall fortführen wollte, erhob sich Bator.

„So ich nichts gegen deine Angriffe tun kann, so kann ich doch etwas gegen deine Person tun Edna!" rief Bator.

"Ich bin nur ein Heiler, das ist wahr. Ich habe keine Waffen wie du. Aber ich habe eine Gabe. Sie wirkt langsam aber zielsicher."

Bator erhob sich und zeigt mit der rechten Hand auf die Hexe.

„Edna, ich verfluche dich für all das Leid, das du meiner Familie je gebracht hast. Was immer du meinem Volk, meinem Sohn oder meinem Land noch antun willst. Egal, wo du dich aufhalten wirst, egal in welchem Rattenloch du dich verkriechen magst, sobald in Zodiac ein neuer Thronfolger die Macht ergreift, sollst du des Todes sein."

Bator sprach dies mit einem leichten Zittern in der Stimme.

Die Hexe schaute erst verwirrt, dann wurden ihre Augen immer größer. Etwas ging in ihr vor. Sie bäumte sich auf und griff sich an den Hals. Bator hatte sie tatsächlich verflucht. Die Überraschung darüber stand ihr im Gesicht geschrieben. Sie sagte kein Wort mehr, starrte nur den König an. Langsam ging sie zum Ausgang des Thronsaals. Kurz vor Erreichen der Tür drehte sie sich um und lief dann hinaus. Niemand hielt sie auf. Niemand bewegte auch nur einen Finger, bis die Hexe die Burg verlassen hatte.

Bator kam zuerst wieder zu sich. Er setzte sich zu Füßen von Anna und weinte, wie nur ein liebender Mann um seine Frau weinen konnte. Vielleicht konnte er seinen Sohn noch retten, für Anna kam jede Hilfe zu spät.

Zwei Tage später wurde Anna in der Königinnengruft beigesetzt. Eine Woche war Trauer. Eine Woche war das Land Kataron erstarrt in Trauer und Wut. Viele wollten eine Armee aufstellen und die Hexe vernichten. Einige zogen sogar los und waren nie wieder gesehen.

Und dann hat Bator die Brücke erschaffen. Niemand sollte mehr bei dem Versuch, die Hexe zu töten, sterben. Und die Hexe sollte bis zu ihrem Tode niemals mehr Kataron betreten können. Er war davon überzeugt, dass sie es irgendwie geschafft hat, sich nach Zodiac zurückzuhexen. Und er war fest davon überzeugt, dass ihr Tod nicht lange auf sich warten lassen würde. Leider irrte er sich darin.

Er ließ eine steinerne Brücke über die Schlucht bauen, die Zodiac von Kataron trennte. Dann belegte er die Brücke mit einem Fluch. Dazu benötigte er aber einen Wächter. Er wollte keinen anständigen Menschen dazu verurteilen, seinem Fluch zu dienen. Eines Tages besann er sich auf eine junge Hexe. Sie hatte fast keine mystische Macht, hatte aber mit ihren Liebestränken und Flüchen schon einiges Unheil verursacht, darum war sie seit längerer Zeit im Kerker. Die junge Hexe hatte keine Möglichkeit sich zu weigern. Bator zwang sie, einen Trank zu sich zu nehmen und schon war sie in der Brücke gefangen. Aber jeder Fluch, hat einen Gegenfluch. So konnte Bator nichts dagegen tun, das die Hexe frei wäre, wenn sie es schafft, dass ihr jemand einen Namen geben würde.

Nun wartete Bator Jahr um Jahr auf die Rückkehr seines Sohnes. Er starb, ohne ihn noch einmal gesehen zu haben. Die Menschen in Kataron waren davon überzeugt, dass der Fluch bei der Hexe Edna nicht funktioniert hat. Schließlich hätte schon längst ein neuer Königssohn den Thron besteigen müssen. Abgesehen davon, hätte die Hexe auch schon längst sterben müssen. Die Menschen wussten ja nicht, dass sie einen Kristall aus dem Land Morf besaß, den sie so verhexen konnte, dass er ihr ewiges Leben gab, solange der Kristall erstrahlte.

Die Geschichte des Prinzen Hektor wurde zur Legende. Viele Könige bestiegen den Thron Katarons. Heute glaubt sicher niemand mehr, dass es sich genau so zugetragen hat. Und wer sollte es Ihnen auch erzählen? Niemand kommt über die Schlucht.

Hagen schlug die Hände vor das Gesicht. Was hat er seinen Kriegern nur angetan? So mussten alle umgekommen sein, ansonsten wären sie längst zurückgekehrt. Hagen war ja zutiefst davon überzeugt, dass niemand über die Schlucht kommen konnte.

„Wo steckt Edna?" wollte Hagen von Mo wissen.

„Ich weiß es nicht, sie ging fort und meinte, ich solle mich keinem Fremden zeigen. Sie ist schon seit Monaten nicht mehr in die Hütte gekommen."

„Seit wann ist sie fort?" forschte Hagen weiter.

„Na sie ist fort, seid ihr die Krieger losgeschickt habt, um den Kristall zu holen."

Mo war offensichtlich entzückt darüber, Informationen geben zu können und damit eine wichtige Person zu sein. Nach dem Gespräch ritten sie stumm und langsam in die Königsburg zurück. Mo nahmen sie mit.

Ein scharfer Wind schlug ihnen aus Norden ins Gesicht. Über das Gebirge müssen sie hinweg, hatte die Alte ihnen gesagt. Und, sie wisse den Weg. Die Fischefrau war still geworden auf diesem Marsch durch dichtes Gebüsch am Fuße der ersten Gebirgsausläufer. Pausenlos beobachtete sie die Alte. Bisher konnte sie sich immer auf ihre Intuition verlassen, sie war sich sicher, mit der Alten stimmte etwas nicht.

Der Schlag am Kopf traf sie so unverhofft, das sie nicht mal einen Schrei hervorbrachte. Sie kippte einfach nach vorn und blieb regungslos liegen. Dutzende kleinerer und größerer Steine kamen von einer steilen Bergwand, die sich rechts neben dem Weg auftürmte, auf sie zugeflogen. Alle versuchten sich so gut es ging vor den herabstürzenden Steinen zu schützen. Stik riss sein gewaltiges Schild über sich und rannte auf die Stelle zu, an der Magda reglos am Boden lag. Mit einem Arm hielt er schützend den Schild über Magda und sich, mit dem anderen schleppte er Magda aus der Gefahrenzone. So plötzlich wie der Steinschlag begann, so plötzlich war er wieder vorbei. Die Gefährten kamen aus ihren Deckungen und fragten sich gegenseitig, ob es Verletze gibt. Aber die einzige, die scheinbar leblos am Boden lag, war Magda. Ein Rinnsal von Blut lief ihr über das Gesicht. Stik, ein Mann wie ein Baum, kniete vor ihr und war der Verzweiflung nah.

„Sie atmet nicht", sagte er leise.

„Lasst mich durch"! rief die Alte energisch und stieß jeden bei Seite, der ihr im Wege stand.

Sie beugte sich so tief über Magda, dass niemand sehen konnte, was sie da eigentlich veranstaltete. Dann ein husten. Ein seufzen. Die Alte stand mühselig auf. Nun konnten alle sehen, das Magda die Augen auf hatte und sie ansah.

„Was ist passiert"?

„Dich hat ein Stein am Kopf getroffen, ich glaubte schon, dich verloren zu haben."

Stik hatte sicher nicht eine Sekunde darüber nachgedacht, was dieser Satz für Auswirkungen haben könnte. Niemand sagte etwas. Einige schauten verwirrt, einige taten, als ob sie etwas wüssten, was andere nicht wussten. Stik half Magda auf. Die ordnete ihre Sachen und wunderte sich darüber, dass es ihr so gut ging. Sie lag doch am Boden, also muss sie ohnmächtig gewesen sein. Warum tut ihr dann nichts weh? Sie hatte Blut im Gesicht, wo war die Wunde?

„Die Alte hat dich wohl geheilt", meinte Cleo und schaute dabei der Alten tief in die Augen.

„Ach was, die Fische hatte einfach Glück, es sah schlimmer aus, als es war". murmelte die Alte vor sich hin. Sie schnappte sich ihr Bündel und ging weiter, als ob ihr Marsch nie unterbrochen worden ist.

Kurz vor Sonnenuntergang kamen sie an einen kleinen Wasserfall. Ein guter Platz die Nacht zu verbringen. Rasch hatte man Holz gesammelt und ein Feuer erhellte den Platz, bevor der letzte Sonnenstrahl am Horizont verschwand. Alle waren dabei, ihre Vorräte zu sortieren und sich ein Nachtlager zu errichten. Die hohen Bäume und das dichte Unterholz schützten den Platz vor dem Nachtwind. Das monotone Rauschen des Wasserfalls wirkte beruhigend. Die Zwölf waren sehr still an diesem Abend. Es wurde nur gesprochen, was unbedingt sein musste. Auf einmal stand Anton auf.

„Gut, sprechen wir darüber. Was ist passiert"?

Alle Blicke waren auf Anton gerichtet.

„Stik und die Fische sind ein Paar"? fragte Fred.

Nun sahen alle zu Stick, der sich in voller Größe gegen einen Baum lehnte. Überrascht über die plötzliche Aufmerksamkeit zucke er sichtlich zusammen.

„In Zodiac wäre das ein großes Vergehen. Wir müssten sie streng bestrafen. Hinrichten. Verscharren wäre auch gut. Lebendig vielleicht", sagte Anton in einem gemütlichen Tonfall und schlug dabei seine Pfeife an einem Baumstamm aus.

„Wir sind aber nicht in Zodiac!" meinte Wolf scheinbar erregt.

„Naja, dann hängen wir sie einfach an einem Baum auf, sollen die Geier sich an ihnen laben."

Urs war der erste, der verstand, was Anton ihnen sagen wollte.

„Du wirst nie einen Sohn mit ihr zeugen können" sagte er zu Stik gewandt.

„Wir werden uns einen kleinen Stierjungen annehmen", lachte Magda und ging auf Urs zu. „In euren Waisenhäusern wird sich sicher ein lieber, süßer Stier finden lassen, so wie du einer bist".

Magda streckte sich und schlug ihm ihre Faust auf den Oberarm. Urs kam direkt ein wenig ins Straucheln, die kleine Frau hatte die Kraft eines Mannes.

„Es ist nicht recht, es ist nicht recht. Wir können uns nicht über unsere Gesetze hinwegsetzen, nur weil wir nicht auf unserem Boden stehen. Diese Gesetze schützen unser Volk. Unsere Familien. Es ist unsere Moral. Ich bin ja auch nicht dafür die Fische und den Skorpion zu bestrafen, aber es muss ein Ende haben." Fred war sichtlich erregt. Umso länger er sprach, umso mehr war er selbst davon überzeugt, Recht zu haben.

„Gesetze sind nicht dafür da, dass jeder damit machen kann, was er will. Heute so und morgen so. Wenn jeder meint, sich über das Gesetz stellen zu können, gibt es keine Ordnung und wenn es keine Ordnung gibt, stürzen wir ins Chaos". Fred war am Ende seiner Kräfte. Er sackt einfach auf einen umgefallenen Baumstamm und starrte vor sich hin.

„Fred", wandte sich Anton an ihn, "Vor tausend Jahren gab es Gesetze, waren das dieselben wie heute? Warum wurden sie verändert? Weil wir uns verändert haben? Weil die Welt sich verändert hat? Weil neue Dinge neu bewertet werden müssen? Wer sagt Dir, dass wir nicht in einer Zeit leben, in denen Gesetze neu überdacht werden müssen?

Hagen wusste nicht genau, was er tun sollte, er wusste nur, dass er etwas tun musste. Er saß zusammengesunken in einem hohen Lehnstuhl an einem kleinen Tisch.

Sahra kam kaum hörbar in Hagens Gemach. Noch wusste sie nichts von all den Dingen, die der König wusste. Sie wollte sich schon umdrehen und wieder gehen, als Hagen sie zurückrief.

„Geh' nicht!" bat er.

Sahra ging zum Tisch und goss aus einem hohen Krug Wein in einen Becher, um ihn Hagen zu reichen. Der schüttelte den Kopf und sie stellte den Becher zurück. Langsam ging sie zu ihm.

Der König nahm Sahras Hand in seine, dabei sah er nicht zu ihr auf. In kurzen, immer wieder mit Seufzern unterbrochenen Sätzen, erzählte er ihr all die grausigen Neuigkeiten die er von Mo erfahren hatte.

Sahra hörte ihm mit weit aufgerissenen Augen zu. Es wurde ihr schwindlich und eiskalt.

„Was willst du nun tun, mein König?"

„Ich weiß es noch nicht, was soll ich tun?"

Hagen sah nun in Sahras ängstliches Gesicht und ihm wurde klar, womit er sie belastet hat. Aber genau sie war es, bei der er Hilfe suchte, die ihm am vertrautesten war.

Hagen stand auf und nahm sie in den Arm. Keinen Moment zögernd küsste er sie auf den Mund. Die Frau in seinen Armen wirkte wie versteinert, aber je länger der Kuss dauerte, umso weicher und wärmer empfand er ihren Körper. Und dann spürte er, wie sie ihn zurückküsste. Es ist verboten, ging es ihm durch den Kopf. Aber nichts konnte ihn mehr aufhalten. Behutsam streichelten seine Hände ihren Rücken, bis der Kuss ein Ende fand. So gern hätte er sie auf die Arme genommen und zu seinem Bett getragen, aber er versuchte und es gelang ihm auch, sich zu beherrschen.

Als er in Sahras Augen sah, fand er nicht die Verblüffung, die er erwartet hatte, sie strahlten ihn an. Bewundernd und glücklich trat Sahra einen Schritt zurück und löste sich so aus Hagens Umarmung. Sie lächelte ihn an und verließ genauso leise wie sie gekommen war das Gemach.

Warum empfinde ich keine Scham über das, was ich getan habe? Weil es nichts gab, wofür ich mich schämen müsste?

Schluss mit all den Fragen, beschloss Hagen.

Nebel lag über dem Gebirge als die Gefährten erwachten. Die Luft war frostig. Wer hatte, zog sich weitere Kleidung an. Dirk brach als erster das Schweigen.

„Was für ein schöner Morgen. Die Spiegeleier brutzeln in der Pfanne, der Tee duftet aus den Bechern und Wolf hat sich frisch rasiert und lässt die Blumen rings umher vor Neid erblassen. So ein Spätsommerausflug in die Berge macht doch der ganzen Sippe Spaß." Sprachs und grinste im Kreis. Magda gluckste als erste los. Wolf bewarf Dirk mit einem Moosklumpen und Cleo tat, als würde sie ihn erwürgen wollen, dabei lachte sie aus voller Kehle.

„Still!" rief Urs. Auf der Stelle war kein Laut mehr zu hören und alle lauschten in die Umgebung.

„Was hast du gehört?" wollte Anton wissen.

„Schritte." Meinte darauf Urs und zog seine Axt aus dem Leder.

Jeder griff sich seine Waffen. Es war nichts zu hören. Dann ein Pfeifen und Lisa duckte sich blitzschnell. Ein Pfeil zischte knapp an ihrem Kopf vorbei. Sie wurden angegriffen.

Schnell bildeten Sie einen Kreis, damit jeder dem anderen den Rücken deckte. Noch war kein Feind zu sehen. Noch ein Pfeil, diesmal blieb er in einem Baum dicht neben Wolf stecken.

„Miserabler Schütze", bemerkte er nur und konzentrierte sich wieder auf die Umgebung.

Von einem Felsvorsprung sprangen ein Duzend Angreifer gleichzeitig zu den Gefährten herab. Die Feinde waren hauptsächlich mit Schwertern ausgerüstet. Dirk löste sich aus dem Kreis, kletterte fast unbemerkt auf einen Baum und spannte seinen Bogen. Ein Mann war eben dabei Eik, der gerade einen Angreifer auf den Boden geworfen hatte, sein Schwert in den Rücken rammen zu wollen. Doch Dirks Pfeil war schneller, schon fiel der Mann getroffen auf den Boden. Schnell wurde klar, dass der Feind der Kampftechnik der zwölf weit unterlegen war. Immer mehr drängten sie ihn gegen den Fels. Der eine und andere trug schon Verletzungen davon. Fred, mit seiner Größe und seiner Kraft, stobt die Männer förmlich auseinander und hieb so auf sie ein, dass sie Reißaus vor ihm nahmen. Urs wollte gerade einem von ihnen die Axt über den Schädel hauen, als ein Signal ertönte und die Angreifer die Flucht ergriffen.

„Was war das denn?" fragte Wolf und brachte seine Beinkleider in Ordnung.

„Da wollte wohl mal jemand testen wollen, wie strapazierfähig dein Rock ist." lachte Stik.

„Im Ernst, da hat uns jemand auf dem Kieker. Aber ziemlich halbherzig die lieben Leute. Schicken uns da dritte Wahl. Das ist ja rufschädigend."

Fast noch belustigt, ging Michael zu seinem Bündel, als er den toten Feind liegen sah. Dirk war noch dabei, vom Baum zu klettern. Nun sammelten sich alle um den Toten.

„Guter Schuss, Dirk." meinte Lisa.

„Ich hatte nicht damit gerechnet, tatsächlich einen Menschen töten zu müssen auf dieser Mission", antwortete Dirk. Er schien bedrückt und kniete sich neben den Mann, der durch ihn zu Tode kam.

Dirk hatte sich nicht für diese Reise beworben, seine Mitmenschen hatten ihn dazu gedrängt. Die Schützen sind ein lebensfrohes, geselliges Volk. Immer wieder messen sie ihre Fähigkeiten im Bogenschiessen und sehr oft war Dirk in den letzten Jahren der Sieger solcher Wettstreite. Auch mit Pferden konnte Dirk sehr gut umgehen und noch besser konnte er reiten. Durch sein Elternhaus, sein Vater ist Kaufmann, kam er viel herum und hatte durchaus diplomatisches Geschick in so manchen Auseinandersetzungen gezeigt. So kam es, dass gar keine Auswahlkämpfe stattfanden bei den Schützen. Der Ältestenrat war sich einig, Dirk ist der richtige Mann für die Mission. Und da niemand an der Entscheidung Anstoß nahm, konnte sich Dirk kaum weigern. Seinen Vater machte die Aussicht auf Ruhm für seinen Sohn nur umso stolzer.

Und nun hatte er einen Menschen töten müssen, um einen anderen zu retten.

„Danke Dirk.“

Eiks Dank war aufrichtig. Er legte Dirk einen Arm um die Schulter, denn er wusste was in Dirk vor sich ging. Und so konnte Dirk mit dem Gedanken, einen Freund gerettet zu haben, besser mit dem Tod umgehen. Wer weiß, was noch passieren wird.

Wieder war es Magda, der als erstes auffiel, das die Alte weg war.

„Ich hatte von Anfang an ein eigenartiges Gefühl wegen des Weibes.“ meinte Michael.

Da niemand eine Antwort gab und auch kaum geben konnte, packten sie schweigend ihre Bündel zusammen. Wie sollten sie nun den Weg nach Morf finden?

Cleo wandte sich zu ihren Gefährten um und sagte:“ Als wir vorhin über den Pass gingen, sah ich im Tal ein Dorf. Es sollte jemand hinunter gehen und einen neuen Führer suchen, wir haben doch Gold.“

Nach einigem hin und her waren drei Freiwillige gefunden und der Plan wurde als gut erachtet. Nicht dass nicht jeder sofort den Auftrag übernehmen wollte, schließlich war es besser etwas zu tun, als hier ein Lager zu errichten und warten zu müssen auf die Dinge die passieren. Es ging vielmehr darum, die Partner optimal zusammenzustellen. Cleo bestand darauf, weil es ja ihre

Idee war, auf jeden Fall ins Dorf zu gehen. Niemand wagte, ihr diesen Anspruch abzusprechen. Eigentlich wagte sich kaum jemand, ihr jemals etwas abzusprechen. Die Wassermannfrau war eine Gefährtin, die sich jeder nur wünschen konnte. Durchzogen von Verantwortungsbewusstsein für die Sache an sich. Tapfer und hilfsbereit stand sie ihren Kameraden zur Seite. Widerspruch wurde allerdings nicht so einfach angenommen. Sie war durchaus in der Lage Gegenargumente zu akzeptieren. Diese mussten aber sehr präzise hervorgebracht werden. Am liebsten war es ihr, wenn alles ein wenig nach ihrem Kopf ging. Genau dieses energische Auftreten faszinierte Fred, den Steinbock. Gab es doch Ähnlichkeiten zu den Steinbockfrauen. Aber genau diese Hingabe Freds an Cleo, schloss ihn von der Aufgabe aus. Alle Teilnehmer sollten sich ausschließlich auf ihre Aufgabe konzentrieren. Eigenartiger weise, musste das alles nicht ausgesprochen werden. Fred meldete sich auch gar nicht mehr, nachdem klar war, das Cleo gehen würde. Was Fred für Cleo empfand, war jedem der anderen zehn klar, aber niemand konnte mit Gewissheit sagen, was Cleo für Fred empfand. An Gefühlsüberschwang litt so eine Wassermannfrau auf keinen Fall. Auch das kam dem Steinbock sehr entgegen, auch er war kein Freund von Liebesschwüren und romantischen Momenten. Allerdings machte ihm die Ungewissheit zu schaffen.

Micheal war da als echter Löwemann von ganz anderem Schlag. Und darum war er genau der Mann, der mit ins Dorf gehen sollte. Eventuell konnte er ja mit seinem Charme eine Frau überreden, ihnen den richtigen Weg zu sagen. Da es manchmal gut sein kann, einen dritten Gefährten in der Hinterhand zu haben, sollte sich Lisa ihnen anschließen. Nun war die kleine Truppe bereit. Es gab einen kurzen aber herzlichen Abschied mit reichlichen Ermahnungen zur Vorsicht. Der Weg ins Tal war beschwerlich und lang. Es gab keinen ausgetretenen Weg. So rechneten alle mit mindestens einem ganzen Tag für den Abstieg.

Lisa schnatterte wie immer die ganze Zeit über Belanglosigkeiten. Niemand konnte sich so herrlich in Nebensächlichkeiten ergehen wie eine Jungfraufrau. Da sie aber eine sehr gute Kämpferin war und das ja auch schon bewiesen hat, übten sich alle in Toleranz.

Da sich die Drei durch das feuchte Unterholz schlagen mussten, wurde mit der Zeit die Kleidung unangenehm nass.

„Wir werden heute wohl vor dem Dorf übernachten und erst morgen früh den Schritt wagen. Wenn wir mit nasser und verschmutzter Kleidung, dazu in der Abenddämmerung dort auftauchen, könnte die Reaktion auf uns nicht gut ausfallen." gab Michael bekannt.

Gesagt, getan. Unweit vom Dorf gab es eine verlassene Köhlerhütte. Nicht komfortabel aber trocken. Feuer konnten sie nicht machen, so blieb die Hoffnung, dass ihre Kleider auch so bis zum Morgen trocknen würden.

„Ich hätte Lust auf ein Stück Brot und einen Krug Milch", sagte Lisa auf einmal, „ein Bad und die Fingernägel mal wieder schön polieren."

„Den Rücken von einer schönen, sinnlichen Löwefrau kraulen lassen." Ließ sich Michael vernehmen.

Die beiden Frauen schauten sich an und mussten laut lachen. Schnell legten sie sich selbst die Hände auf den Mund und kicherten still vor sich hin. Michael fand das nun gar nicht lustig und drehte ihnen den Rücken zu.

„Ach komm du alter Löwe." Cleo führ ihm mit der Hand durch die Haare und zerzauste ihn damit völlig. Das wiederrum fand er gar nicht lustig. Doch bevor er sich umdrehen und auf welche Art auch immer Rache nehmen konnte, hielt Lisa ihm eine kleine Metallflasche entgegen. Die Öffnung genau unter seine Nase. Das roch lecker nach starken Wein. Schnell griff er die Flasche und nahm einen kleinen Schluck. Es war starker, süßer Wein. Oh, das tat gut.

Lisa erzählte nun, dass sie die Flasche noch von zu Hause hat und tapfer darauf verzichtete. Es sollte ein Stück Heimat in der Fremde sein. Und sie glaubte zu wissen, dass Michael genau heute und genau jetzt ein Stück

Heimat benötigte. Warum wurden noch die Sternenvölker voneinander getrennt? Schoss es Micheal zum hundertsten Mal durch den Kopf. Wir würden uns auf Dauer nur gegenseitig umbringen?

Er wickelte sich in seine Decke und mit einem Rest Geschmack des Weines auf den Lippen, schlief er erschöpft ein.

Die Hähne im Dorf brachen die Nacht ab. Noch war es etwas kühl und schummerig, aber die Luft war trocken und so stand es auch mit ihren Kleidern.

Die Frauen kämmten sich gegenseitig das Haar und flochten es zu sittsamen Zöpfen. Sogar Michael band sein Haar zu einem Zopf im Nacken, was er ansonsten ungern tat, er war extrem eitel, was seine Haare anging. Sie alle wollten den besten Eindruck auf die Dorfbewohner machen.

Sie versuchten so gut wie möglich, ihre Waffen unter den Kleidern zu verbergen. Was nicht so einfach war. Bei genauer Beobachtung würden die Leute sie schon entdecken, aber der erste Eindruck war sehr wichtig bei ihrer Mission.

Der Plan war, Micheal und Cleo sollten direkt ins Dorf gehen und Lisa aus Verstecken heraus die Lage beobachten und gegebenenfalls einschreiten.

Die Dorfbewohner waren schon fleißig bei ihrem Tagewerk, als Cleo und Michael direkt auf den Dorfplatz zugingen. Sie wurden beäugt und es wurde getuschelt, aber niemand sprach sie direkt an. Auf dem Platz befand sich ein Brunnen. Es war das einzige Bauwerk in seinem Sichtkreis, das aus festem Stein gemauert war. Die Häuser und Ställe der Bauernhöfe waren aus Holz gefertigt. Das Dorf machte allgemein den Eindruck, als ob die Bauern nicht sehr erfolgreich wirtschaften würden. Gut, dachte Michael, umso bereitwilliger würden sie unser Gold nehmen.

„Wir suchen einen Führer, der uns ins Land Morf führt. Wir bezahlen gut, sehr gut."

Michael sprach laut und langsam und ließ dabei das Gold in seinem Geldbeuten klimpern. Er wand sich zu verschiedenen Gruppen von Dorfbewohnern um Reaktionen erkennen zu können. Aber es reagierter niemand.

Cleo trat zu ihm und zeigte unauffällig auf die Menschen und raunte ihm zu: „Sie haben Angst!"

„Wir sind nicht hier, um Euch Ärger zu bereiten. Wir wollen auch Eurem Land nichts Böses, wir wollen nur einen Stein aus dem Gebirge holen, dann sind wir wieder verschwunden.

„Wer sagt uns, dass nicht die Tatsache, dass ihr diesen Stein holt, uns Ärger bereiten wird?" meinte ein Bauer.

„Was kann es für Ärger geben wenn wir einen einzigen Stein aus einem riesigen Gebirge holen?" fragte Cleo den Mann.

„Es ist unser Stein, aus unserem Gebirge. Bietet es da nicht die Höflichkeit, den Besitzer zu fragen, ob man ihn nehmen dürfe?"

Cleo und Michael drehten sich zu der Stimme um, die das fragte und Michael sagte noch:" wem gehört denn das Gebirge?"

Da standen Sie einem schwerbewaffneten Mann in Uniform gegenüber. Sie wichen sofort einen Schritt zurück und zogen ihre Schwerter. Der fremde ging einen Schritt auf sie zu und machte keine Anstalten, ebenfalls seine Waffe zu ziehen. Er stand einfach da und sah sie an.

„Und was nun?" fragte Cleo. Die Situation war eigenartig. Was wollte der Mann von ihnen? Kämpfen ja wohl eindeutig nicht.

„Ihr habt Lars getötet."

Ah, schoss es Michael durch den Kopf. Dieser Mann war also verantwortlich für den Angriff. Und der Tote hieß Lars.

„Dann seid ihr verantwortlich für seinen Tod", zischte Michael, " ihr habt uns grundlos angegriffen, dazu mit schlecht ausgebildeten Männern. Man kann schon fast von einem Unfall bei der Sache sprechen."

„Ihr seid in unser Land eingedrungen und wollt uns be-stehlen." gab der Fremde daraufhin zurück und legte seine Hand dabei langsam auf den Schwertgriff. Da sah Cleo als Erste, dass sich hinter den Zäunen und Bäumen die Kumpane des Mannes versteckten.

Mit einer leichten Kopfbewegung veranlasste nun ihr gegenüber, dass die Männer aus ihren Verstecken vor-traten, alle samt bereit für einen Angriff.

Sie hielten sich auch nicht lange zurück, schon lief einer mit gezogenem Schwert auf Michael zu und wollte ihm dieses in den Leib rammen. Der drehte sich um die eige-ne Achse dem Gegner entgegen und stieß dem Angrei-fer sein Schwert in die Wade. Völlig überrascht über die-se Technik, fiel der Getroffene lang hin. Weitere fünf Gegner fielen nun über Cleo und Michael her. Cleo gab mit ihrem wehenden langen Mantel, den leuchtenden roten Haaren und ihrer Fechtkunst ein atemberauben-des Bild ab. Michael war so schnell, dass der Gegner oft verwirrt umher sah, weil er nicht wusste, aus welcher Richtung nun der nächste Schlag kommen würde. Nach-dem drei Männer verwundet am Boden lagen, zogen sich die beiden letzten zurück und starrten ihren Anfüh-rer an.

„Warum tut ihr das?" schrie Michael den Mann an. „Wir haben euch nichts getan, warum wollt ihr eure Männer für ein Nichts opfern?"

„Für ein Nichts? Für ein Nichts?" Schrie der Mann Michael an.

Hagen wurde unruhig, schon zwei Tage bereiteten seine Generäle ihren Aufbruch vor. Viel Zeit wurde damit verschwendet, den König daran zu hindern, selbst in das Land Kataron zu reiten. Der erste Minister hat es mit Wutausbrüchen und Tränen versucht, Hagen blieb stur. Als jeder merkte, dass er sich niemals umstimmen lassen würde, wurden umfangreiche Reisevorbereitungen getroffen. Dann endlich war alles geregelt.

„Das kommt nicht in Frage, du bleibst hier!"

Hagen drehte Sahra den Rücken zu und ließ sich auf sein Pferd helfen.

„Dann werde ich euch mit einem gewissen Abstand folgen, aber folgen werde ich euch ganz sicher. Du müsstest mich schon einsperren, um das zu verhindern."

„Die Frau hat Hausarrest. Sorge dafür, dass sie niemals alleine ist, bis ich wieder da bin." Rief Hagen dem ersten Minister zu.

Dann gab er seinem Pferd einen leichten Stoß in die Lende und ritt vom Burghof. Gefolgt von zwanzig gut ausgebildeten und bewaffneten Männern.

Sahra lief so schnell sie konnte in ihre Räume, warf sich auf ihr Bett und starrte trotzig die Decke an. Sie wollte auf keinen Fall weinen. Eine ihrer Zofen kam in Ihr Zimmer und setzte sich leise auf einen Stuhl.

„Ich will alleine sein." fuhr Sahra sie an.

„Ihr wisst, dass das gegen den ausdrücklichen Befehl verstößt. Es tut mir auch wirklich leid."

Die Zofe stand auf und ging auf Sahra zu. Sie legte ihre Hand auf Sahras Hand und sah sie freundlich an. Nun weinte Sahra doch.

Michael sah den Mann vor sich unverwandt an. Einige Zeit passierte gar nichts. Wie aus dem Nichts schoss Lisa auf den Mann zu, drückte ihm ihren Dolch in den Rücken, so dass er sich ganz steif machte, damit die Klinge ihm nicht so einfach ins Fleisch fahren konnte.

„So erklärt uns doch mal dieses Nichts. Damit wir wenigstens wissen, warum wir sterben sollen." zischte sie ihn an.

Die beiden Männer, die noch nicht verwundet waren, wollten ihrem Herrn helfen, aber wichen sofort vor Cleos erneut erhobener Klinge zurück.

„Wer bist du?" wollte Lisa wissen. Der Mann wusste, dass er diese Stimme schon gehört hatte. Ihm wurde ganz heiß. War es freudige Erregung, oder die Scharm über die Situation, in der er sich befand, bedroht durch eine Frau.

„Ich bin des Königs General Karl." kam es aus ihm hervor.

„Wessen König?" fragte Lisa und drückte den Dolch noch ein wenig fester gegen Karls Rücken.

„König Gother von Kataron." sprach Karl. Mit einem nicht erwarteten Schwung, drehte sich Karl zu Lisa um, ergriff die Dolchhand und wollte ihn ihr aus der Hand schütteln. Das wäre ihm auch fasst gelungen, wenn Lisa nicht im gleich Moment eine Drehung gegen ihn gemacht und mit einem ordentlichen Hüftschwung zu Fall gebracht hätte. Schon fühlte er den Dolch an seinem Hals. Sie sahen sich in die Augen. In sehr schöne Augen bemerkte Karl. Und trotz der prekären Situation fühlte er eine Erregung in sich, die er bisher noch nicht erlebt hatte. Eine Strähne ihrer Haare wehte sanft über sein Gesicht.

„Können wir eventuell einfach mal mit einander reden?" fragte Cleo General Karl. Der war nicht begeistert, aber im Moment nicht in der Situation, ablehnen zu können.

Lisa stand auf und wich zwei Schritte von Karl zurück. Dieser stand nun ebenfalls auf. Blickte stumm zu Michael und Cleo. Als er sah, dass diese ihre Schwerter in die Scheiden gleiten ließen, atmete er einmal kräftig durch, um sich zu beruhigen.

„Wo stecken eigentlich eure anderen Kumpane?" fragte er an Lisa gewandt.

Die ging gar nicht auf seine Frage ein.

„Also, warum verfolgt ihr uns und greift uns an. Ich denke nicht, dass wir euch in irgendeiner Form Anlass dazu gegeben haben."

Oh wie ihre Augen funkelten und wie sich ihr Körper in den engen Lederhosen abzeichnete. Er musste sich konzentrieren.

„Wie wollt ihr ins Land Morf kommen, Ihr habt keine Karten und keinen Führer. Dreht um und wir lassen euch in Frieden gehen." gab Karl bekannt.

Nun wussten sie, dass auch der Kartenraub auf Karls Konto ging. Aber was konnte dem König so sehr daran liegen, sie daran zu hindern, den Kristall zu holen. Kataron konnte es doch egal sein, was in Zodiac passierte. Eins war den Dreien klar, hier geschahen Dinge, die in Zusammenhängen standen, die ihnen nicht bekannt waren. Wurden sie belogen? Belogen von ihrem König? Log dieser Mann?

„Was weißt du über das Land Zodaic?" fragte Michael in einem sonderbar ruhigen Ton.

Karl befahl seinen Männern, sich um die Verwundeten zu kümmern und deutete dann auf den Platz vor dem Brunnen. Nachdem sich alle gesetzt hatten, erzählte er seine Version der Legende von Edna, Bator und Hektor. Staunen, Kopfschütteln und Unglaube begleitete seine Erzählung seitens seines Publikums. Lisa stand sogar zwischendurch auf, weil all diese Unglaublichkeiten ihr die Ruhe zum Zuhören nahmen. Als Karl seine Erzählung beendet hatte. schwiegen die Drei lange.

„Du erwartest nun nicht, dass wir dir das alles glauben sollen? Das wäre Blasphemie gegen unsere Kultur und Lebensweise." donnerte Cleo heraus.

„Und wenn es der Hexe so wichtig ist, dass sie unbedingt den Kristall braucht, woher sollte sie wissen, dass wir auch tatsächlich unseren Auftrag erfüllen. Meinst du, sie hat auch noch ein allsehendes Auge? Kindermärchen, alles Kindermärchen." gab nun auch Michael seine Meinung zu dem Spektakel kund.

Lisa saß da und sagte nichts. Was in den Augen ihrer Gefährten mehr als sonderbar war. Also sahen nun alle zu Lisa, Karl sowieso. Es verging eine empfundene endlose Zeit.

„Richtig Löwe, wie soll sie es kontrollieren? Wäre es nicht am sichersten für sie, sie würde uns begleiten? Entweder direkt, oder durch Beobachtung? Wo steckt die alte Frau?"

Michael war in einem Satz hoch. Er holte gewandt aus seiner Manteltasche ein Stück Band. Dann packte er Karl am Oberarm und zog ihn mit einem Ruck zu sich hoch.

„Dreh dich um!" befahl er ihm.

„Was hast du vor?" fragte Lisa.

„Wir nehmen ihn als Geisel mit. Wenn er des Königs General ist, kann er ja mal testen, was er seinem König wert ist."

Ohne weitere Worte zu verschwenden und Gefahr zu laufen, dass noch mehr Soldaten auftauchen, zogen sie mit ihrer Geisel aus dem Dorf, zurück zum Lager ihrer Gefährten.

Zum Lager zurück brauchten sie weit mehr als nur einen Tag. Es ging steil bergauf. Außerdem konnte Karl mit den gebundenen Händen nicht so schnell laufen und klettern wie die anderen. Michael ging voran, gefolgt von Karl und den beiden Frauen. Hin und wieder kam Karl ins Straucheln und jedes Mal war Lisa zur Stelle, ihm zu helfen. Wobei sie ihm nie in die Augen sah. Im Gegenteil, sie schaute stets besonders grimmig.

„Ich dachte immer, du wärst in den Löwen verknallt?" zischelte Cleo ihr zu. Lisa errötete sichtlich und hoffte, dass es keiner der beiden Männer gehört hat. Cleo warf den Kopf in den Nacken und grinste vor sich hin. Nicht dass Cleo die Lisa nicht als Gefährtin akzeptierte und schätzte. Aber die Liebesgefühle der Jungfrau gingen ihr auf den Geist. Zumal Lisa keine Probleme hatte, sie jedem, der es wollte oder nicht, zu erzählen.

Die Wassermannfrau war eher der Meinung, Gefühle sind absolut privat. Außerdem muss man mit so etwas alleine klar kommen. Mit jemanden darüber zu reden, das geht ja gar nicht.

Sie mussten am Berg übernachten. Sie wollten sich alle zwei Stunden bei der Wache ablösen. Es ging dabei nicht nur um Karl, sie wollten auch keine bösen Überraschungen erleben. Wider Erwarten geschah die ganze Nacht absolut nichts. Ohne Frühstück und durchgefroren ging der Aufstieg am Morgen weiter. Die Sonne stand schon fast über den Gipfeln der Bergkette, als sie endlich im Lager ankamen.

Nun musste natürlich alles genauestens berichtet werden. Die Geiselnahme von Karl war eine logische Schlussfolgerung und daher von allen für richtig empfunden. Was war aber mit den Neuigkeiten, die sie von Karl erfahren haben?

Zuerst entschloss sich Magda zu sprechen.

„Ich fasse dann mal so zusammen, wie ich das verstanden habe. Unterbrecht mich, wenn ich am irren bin." Sie räusperte sich.

„Die Hexe Edna, die wir für unser Orakle gehalten haben, ist in Wirklichkeit eine große Zauberin, die nur durch die Kraft des Kristalls so alt geworden ist. Nun müssen wir ihr einen neuen Kristall holen, weil sie das alleine nicht kann, sie benötigt von jedem Sternzeichen einen Menschen dafür, uns zwölf. Getrennt hat sie unsere Völker, damit kein Erbprinz mehr auf den Thron kommt, weil sie dann stirbt, laut einem Fluch von König Blablabla."

„Bator." warf Karl ein.

„Ja, oder wie auch immer. Und wenn sie stirbt, wird euer Prinz ..."

„Hektor." ließ sich Karl wieder hören.

„Hektor. Aus einem Felsen, aus eben diesem Gebirge befreit und es könnte eine neue Ära zwischen uns Völkern beginnen. Aus, Punkt, fertig. Und wenn sie nicht gestorben sind, so leben sie noch heute." endete Magda mit einem ironischen Grinsen.

„Wer sagt euch denn, dass es nicht so ist?" fragte Karl.

„Und wer sagt uns hier, dass es so ist? Ein Mann in Fesseln. Ein Mann, der versucht hat, uns zu töten. Sehr glaubwürdig." sagte Stik und drehte sich zu Magda.

„Eins ist nicht von der Hand zu weisen", warf Magda ein, „die Alte hat etwas geheimnisvolles an sich."

Nun wurde noch eine geraume Zeit diskutiert, wo die Alte geblieben sein könnte. Bei allem hin und her wurde klar, sie brauchten einen neuen Führer.

Der Stier sah noch kurz zu den Anderen, dann warf er sich flach mit dem Rücken an den Fels. Schon wieder grollte der Berg und warf schwere Steine auf sie. Jeder hatte damit zu tun, sich selbst in Sicherheit zu bringen und konnte nicht sehen, was mit den Gefährten geschah. Als der Staub sich legte suchten sie einander, einer fehlte – Wolf. Rufe wurden laut, bis Eik etwas zu hören glaubte. Er legte sich auf den Bauch und zog sich langsam und vorsichtig über den Hang, bis fasst sein ganzer Oberkörper über den Abgrund hing. Der Löwe und der Stier hasteten sofort zu ihm und hielten seine Beine fest umklammert. Da hing der Waagemann, die Hände umklammerten einen winzigen Baumstumpf am glatten Fels.

„Was glaubst du dort zu finden Waage, einen Schneider?" lästerte Fred und zog dabei ein Seil aus seinem Reisegepäck. Bei näherem Hinsehen wusste er aber sofort, dass das Seil zu kurz war.

„Wir müssen mehrere Seile zusammenbinden." meinte er noch, als Dirk ihm das Seil aus der Hand nahm und sich sofort das eine Ende um die Hüfte band.

„Dazu ist keine Zeit. Ich bin der leichteste von uns, lasst mich zu ihm runter."

Der Steinbock packte das Seil mit beiden Händen und der Schütze ließ sich kopfüber den Abhang hinter gleiten. Stik und die übrigen standen dicht bei Fred, um im Notfall zupacken zu können.

„Er hat ihn", rief Eik, „zieht ihn hoch."

Nun packte Stick sofort mit an und mit vereinten Kräften zogen sie Dirk und Wolf über den Abhang in Sicherheit.

Fred legte Wolf eine Hand auf die Schulter.

„Alles in Ordnung?"

„Ja, ich danke euch, euch allen." sagte Wolf und schaute allen einmal in die Augen.

„Deine Hose ist zerrissen Waage, zieh sie aus, ich bringe sie dir in Ordnung." bot sich Silvia an.

„Oh, da lässt nun aber jemand die Frau raus." bemerkte Eik.

Mit einem abfälligen Zunge herausstrecken und einem herzhaften lachen seitens Eik war die Szene vorbei.

„Das ist alles sehr sonderbar. Ich kenne diesen Berg wie meine Tasche, ich habe hier noch niemals einen Steinschlag erlebt." ließ sich Karl hören.

Verwundert erzählten sie nun dem General, dass das schon der zweite Steinschlag war und wie Magda beim ersten Mal fast erschlagen worden wäre und wie die alte Frau Magda geheilt hatte. Karl hörte allen aufmerksam zu und wurde immer aufgewühlter.

„Und ihr glaubt mir nicht, dass die alte Frau die Hexe sein könnte."

Und wenn sie wirklich die Hexe ist, was ist dann mit dem Rest der Geschichte, ist sie dann auch wahr? Das Wissen über die eigene Geschichte und Traditionen machen ein Volk aus. Was passiert, wenn man glaubt, die wahre Geschichte seines Volkes zu kennen und dann kommt jemand und stellt alles in Zweifel? Das einzige was man dann braucht, ist Gewissheit.

Die einzige, die Gewissheit bringen kann, ist die Hexe. Aber die ist verschwunden.

Der Widder brachte es dann auf den Punkt.

„Selbst wenn uns nun Zweifel kommen, ob alles so oder so wahr ist. Wir haben einen Auftrag von den Menschen unseres Volkes. Diesen werden wir erfüllen. Und dann, wenn wir wieder in Zodiac sind, dann könne wir berichten und beraten, was zu tun ist. Wir haben nicht das Recht, über den Willen unseres Volkes zu entscheiden. Wir sind nur zwölf, von so vielen. Lasst uns den Kristall holen. Und Wolf, lass dir bitte die Hose stopfen, ich kann deinen Hintern sehen."

Damit war alles Wichtige gesagt.

Karl war aufgestanden, was nicht einfach ist mit den Handfesseln und wollte noch etwas sagen. Eik stieß ihn einfach wieder hin. Was Karl als „halt den Mund" Zeichen verstand und sich daran hielt.

So zogen sie weiter über den Pass, den die Hexe ihnen noch angab, bevor sie verschwand. Da nirgends ein Nebenpass abging, hofften sie sich auf dem richtigen Weg zu befinden.

„Wir können dem nicht die ganze Zeit die Hände zusammenbinden, das hält uns extrem auf." flüsterte Silvia zu Anton. Woraufhin Anton Karl beobachtete. Silvia hatte Recht. Karl bemühte sich sogar Schritt zu halten, was wiederum Anton verblüffte, aber es gelang ihm nicht. Anton ging zu Karl und hielt ihm am Oberarm fest, dann zog er seinen Dolch und durchschnitt die Fesseln. Instinktiv massierte sich Karl die Handgelenke.

„Wenn du versuchst zu fliehen wird sich dein König einen neuen General suchen müssen." ermahnte ihn Anton.

Der Tross zog weiter. Die Umgebung wurde immer unfreundlicher. Es gab kaum noch Bäume, die ein wenig den eisigen Wind aufhielten. Wenn Sie bis zum Abend so weiter gehen, würden sie eventuell kein Feuerholz mehr finden. Cleo sah in einiger Entfernung eine Quelle aus dem Fels rinnen. Von Durst getrieben lief sie auf die Quelle zu und zog schon ihre kleine Wasserflasche aus dem Rucksack, als die Quelle plötzlich versiegte. Sie steckte den Finger in die Quellöffnung, da war alles trocken, als ob dort niemals auch nur ein Tropfen Wasser war. Zu ihren Gefährten sagte sie kein Wort. Sie hatte Bedenken, dass ihr das keiner glauben würde. Schließlich zweifelten sie an ihrer eigenen Wahrnehmung und schob das alles auf die körperliche Anstrengung der letzten Zeit.

Fred ging etwas vom Pfad ab und rief ihnen über die Schulter zu, dass ein Vogel dort wohl in irgendwas mit Wasser gefülltem badete. Als Fred an der vermeidlichen

Stelle eintraf, war dort weder ein Vogel, noch Wasser. Auch Fred verlor kein Wort darüber, ging einfach nur still vor sich hinstarrend wieder auf den Pfad zurück.

Als Fred an einem weitverzweigten, mit großen Blättern bestückten Baum gelangte, forderte er, dass hier ein Lager einzurichten wäre. Es war zwar noch früh am Tag, aber da in der sichtbaren Ferne kein Unterschlupf zu sehen war, waren alle einverstanden.

Es war nicht so einfach, ein einigermaßen gutes Ruhelager auf dem blanken Felsen einzurichten. Es würde eine kalte, unangenehme Nacht werden. Karl musste sich mit dem Rücken an den Baum setzen und Anton zog einen festen Strick um seinen Leib, um ihm damit das Weglaufen auf jeden Fall zu erschweren. Anton war sich nicht sicher, ob es ihm nicht doch gelingen würde. Aber wie sollte er ihn die ganze Nacht bewachen?

Es gab ein karges Mahl und jeder bekam noch einen Schluck Wasser. Dann war das Wasser alle. Alle wussten, dass sie den Aufstieg in den Berg Morf nie schaffen würden ohne Wasser.

Niemand sprach es aus, jeder hoffte auf eine Quelle.

„Ein Problem wird nicht dadurch gelöst, indem man nicht darüber spricht." sagte Magda scheinbar nur so vor sich hin. Das war wie die Aufforderung zum Tanz. Schon erzählten Cleo und Fred von ihren Erlebnissen mit scheinbaren Halluzinationen.

„Ist euch schon mal der Gedanke gekommen, dass nicht nur wir, sondern noch jemand anderes eure Mission sabotieren will?"

Sie schauten nun alle auf den General, der da vor ihnen an den Baum gebunden sein sollte und einfach so da saß und mit dem Strick spielte. Er legte den Strick fein säuberlich zusammen, so dass man ihn ordentlich ins Gepäck hätte legen könnte.

Stik mache Anstalten auf ihn zuzugehen, aber er wurde von Wolf zurückgehalten.

„Was hast du vor?" fragte Wolf den General.

„Ich weiß es selbst noch nicht so genau. Diese ganze Geschichte mit Euch und dem verwunschene Prinz Hektor im Felsen, macht mich einfach neugierig. Vielleicht ist der Prinz gar keine Bedrohung für euch, sondern für unser Land. Vielleicht ist es ja besser, wenn alles so bleibt wie es ist. Dann solltet ihr euren Kristall so schnell wie möglich finden und verschwinden. Aber was, wenn es besser wäre, die Hexe würde sterben und ihr von all den Verwünschungen erlöst. Ich weiß es nicht, aber ich glaube, ich würde es erfahren, wenn ich euch begleite."

„Ich trau ihm nicht." Urs legte seine rechte Hand noch etwas fester um den Griff seiner Axt.

Lisa ging zu Karl und ging vor dem Sitzenden in die Hocke, so dass sie ihm in die Augen sehen könnte.

„Jeder von uns wird dich ohne zu zögern töten, wenn uns auch nur die kleinste Gefahr von dir droht."

„Von dir droht mir doch die größte Gefahr, ich laufe Gefahr mich völlig in deinen wunderschönen Augen zu verlieren." Karl sah genau, wie ein Lächeln fast unsichtbar über Lisas Gesicht huschte. Sie aber stand auf und meinte nur: "Pass lieber auf, dass meine Augen dich nicht bei etwas überraschen, was für dich tödlich ausgehen könnte."

Warum war eigentlich niemand auf die Idee gekommen, Karl einfach wieder weg zu schicken? Der General hatte etwas an sich, was Vertrauen schaffte. Und wer weiß, wozu man einen Einheimischen noch gebrauchen konnte.

Zwei weitere Tage folgten sie dem Pass. Zum Glück war es nachts so kalt, dass das wenige Gras, das in diesen Höhen noch wuchs, am Morgen von Tau ganz schwer war. Es kostete Überwindung, wie eine Stück Vieh am Morgen das Tauwasser direkt vom Gras zu lutschen, aber es blieb ihnen nichts anderes übrig. Wolf hatte versucht, es in einen Becher zu schütteln, dabei ging aber viel zu viel Wasser verloren. Also kniete er sich wie alle anderen auf den nackten Boden und soff wie ein Schaf den Tau. Am Morgen des dritten Tages fing an zu regnen. Sie stellten alles, was sie an Gefäßen aufbringen konnten auf und freuten sich, wie das Regenwasser sie füllte. Damit war ein Problem gelöst. Blieb das Problem mit dem Proviant. Noch einen weiteren Tag zu hungern würde sie nicht umbringen, da sie nun genug zu trinken hatten, aber der Weg war mühevoll und kostete viel Kraft.

Eik und Michael legten sich jeden Abend auf die Pirsch, aber weit und breit war kein Wild zu entdecken. Erst kein Wasser, nun kein Wild. Es war wie verhext. Hatte Karl doch Recht, waren hier noch andere Mächte am Werk?

In der Nacht darauf hatte Silvia einen Traum. Ein Mann, durchsichtig wie ein Brautschleier, stand neben ihr und berührte sie sacht am Gesicht. Er war jung, groß und gut gekleidet. Sein Haar wehte mit dem Wind und er lächelte sie an. Als sie erwachte, war ihr unbehaglich. Sie verspürte ein Kippeln im Bauch, wie ein jungverliebtes Mädchen. Sie schimpfte innerlich mit sich selbst und murmelte vor sich hin. Lisa bemerkte das und wollte von ihr wissen, ob ihr wohl sein. Silvia wollte aber nicht über ihrem Traum sprechen und ließ sie einfach stehen.

„Na, hat die Krebsfrau mal wieder ihre Launen?" spottete Karl.

„Woher willst du wissen, wie eine Krebsfrau fühlt?" gab Lisa unwillig zurück.

„Na glaubst du, wir kennen nicht die Tierkreiszeichen? Wir leben mit euch unter demselben Himmel."

„Aber irgendwie in völlig verschiedenen Welten scheint mir."

„Sicher! Ich lebe in der Welt der Männer und du in der der Frauen."

„Oh, entschuldige, dass ich nicht mit Schürze und Besen versuche, diesen Auftrag zu erfüllen.
Die Frau, die dich hat, hat es sicher nicht leicht."

„Keine Ahnung, ich habe keine Frau. Wollte auch noch nie eine. Bis vor einiger Zeit, als ich dich das erste Mal in der Schenke sah."

Da die Zwölf bisher nur in einer Schenke waren, wusste Lisa sofort, wovon er sprach.

„Wir zwölf sind nur Spielbälle zwischen verschiedenen Mächten, die alle ihre Vorteile aus unserer Mission ziehen wollen. Und du willst sogar noch deinen privaten Vorteil für dich herausschlagen."

„Kannst du eigentlich auch mal etwas anderes sagen als nur zu zetern? Wer sagt dir denn, dass ich euch böses will, dir böses will? Frau, begreifst du denn nicht, warum ich nicht längst fort bin?"

Lisa spürte großes Unbehagen in sich aufkommen. Sie war sich keineswegs über ihre Gefühle im Klaren, die gerade wie ein Wasserrad in ihr zu drehen begannen. Sie ließ Karl einfach stehen und ging ein Stück bergauf, um alleine sein zu können. Die anderen hatten die Szene nur von weitem beobachtet und kein Wort verstanden, so wussten sie nicht, warum die Jungfrau auf einmal so still war und Karl ihr hinterherstarrte.

Urs ging auf Karl zu.

„Was hast du ihr getan?"

Karl machte sich gerade, um Urs in die Augen sehen zu könne.

„Ich habe ihr meine Liebe erklärt. Und wenn du damit Probleme hast, dann komm, dann tragen wir das aus."

Karl stellte sich breitbeinig auf um einen eventuellen Schlag von Urs besser abfangen zu können. Eine Waffe besaß Karl ja nicht. Aber Urs kam nur lachend auf ihn zu und klopfte ihm auf die Schulter, so dass Karl etwas zusammenzuckte.

„Ja, das nenne ich mal eine gute Nachricht. Dann hat sie ja nun einen liebestollen Zuhörer in dir gefunden, General. Mich würde nur interessieren, ob die kleine Schnattertante im Liebesnest mal ihren Schnabel halten kann." grölte Urs.

Karl fand das alles nicht lustig. Aber er winkte nur mit eine Handbewegung ab und ließ Urs stehen. Er wusste ja nicht einmal, ob Lisa seine Gefühle erwiderte.

„Nun vermischen sich nicht nur unsere Völker, nun treiben unsere Frauen es auch noch mit Ausländern." murmelte Fred vor sich her.

Cleo setzte sich neben Fred, so dicht sie konnte. Legten ihren Kopf gegen seinen Oberarm und umfasste mit ihren Händen seine Hand. Das Erstaunen über diese plötzliche Geste kannte bei Fred keine Grenzen. Er wagte gar nicht, sich zu bewegen.

„Halt doch einfach den Mund, Fred." meinte Cleo noch und kuschelte sich fest an Freds Seite ein.

Michael stand da und schaute in die Runde.

„Na ganz toll. Soll ich schon Musikanten bestellen für die Hochzeiten? Seid ihr denn von allen guten Geistern verlassen? Das ist hier kein Feiertagsausflug sondern eine große Aufgabe. Und außerdem…"

Magda gab Michael einen Kuss auf die Wange, dann ging sie zu Stik und nahm ihn an der Hand mit sich fort.

„Bis eben war es eine große Aufgabe und ab gleich wird sie es wieder sein Michael. Nur für einen kurzen Moment, halten wir die Zeit an."

Anton machte seinen Tabakbeutel auf, in dem nur noch einige wenige Tabakkrümel lagen und reichte sie Michael. Dieser legt eine Hand auf den Beutel und schob sie zu Anton zurück.

„Nein danke Freund, ich will das Rauchen wieder aufgeben."

Anton sah ihn an und lächelte.

Als am Morgen Bewegung in das Lager kam hörte Anton das Geräusch eines Pfeils. Instinktiv warf er sich auf den Boden.

„Pfeile, wir werden angegriffen." rief er.

Jeder suchte Schutz und zog seine Waffe. Aber es geschah nichts. Dann kam langsam und gebeugt eine Person in Richtung Lager. Die Person drehte ihnen den Rücken zu. Erst langsam erkannten sie Silvia. Sofort liefen einige ihr entgegen und voller Erstaunen nahmen sie wahr, dass Silvia eine tote Gämse hinter sich her zog.

Stolz präsentierte sie ihren Jagderfolg. Und sie musste erzählen, wie sie gegen Sonnaufgang erwachte und auf einmal die Gämse auf dem Felsvorsprung über ihnen sah. Wie sie ihren Köcher und den Bogen nahm, hinter der Gämse hinterherschlich und sie mit dem ersten Pfeil getroffen hat.

Wenn sie das Tier hier und jetzt zubereiten, wäre ein ganzer Tag verloren. Aber es nutzte nichts. Alle waren am Verhungern. Also hingen sie das Tier an den Baum, zogen ihm das Fell ab und nahmen es aus. Die wichtigsten Arbeiten erledigte Urs. Durch seine Arbeit auf dem Hof seines Vaters war er geschickt beim Schlachten.

Am späten Nachmittag saßen dann alle mit vollen Bäuchen um das große Feuer. Anton nahm endlich mal wieder sein Musikbrett und spielte ein paar einfache, ins Ohr gehende Melodien. Magda stupste Lisa an, Lisa schüttelte den Kopf. Magda stupste noch mal, diesmal etwas stärker, so dass Lisa leicht zur Seite schwankte.

Ganz sachte, ganz zart begann Lisa nun doch zu singen. Und wie schon einmal, erreichte ihre Stimme die Herzen aller, die sie hörten. Bei Karl erreichte sie sogar, das er am liebsten aufgesprungen und sie sofort verführen könnte. Wenn er denn könnte, aber wie, wenn alle zuschauen? Aber es wird sich eine Gelegenheit ergeben, irgendwann. Oh, wenn sie doch nur seine Frau werden würde.

Am Morgen war die alte schon etwas bedrückende Stimmung zurückgekehrt. Zu lange schon waren sie unterwegs. Heimweh machte sich bei einigen breit, besonders bei Urs. Oft blieb er etwas beim Marsch zurück und jeder wusste, dass er um seine Magda weinte. Um das schon geborene Kind. Wann würde er es endlich sehen können?

Als die Sonne schon hoch am Himmel stand, sahen sie vor sich den Eingang zu einer gewaltigen Höhle.

„Ist das Morf?" fragte Wolf den General.

„Ja, das ist Morf. Ich selbst habe den Fels und die Höhle noch nie betreten. Ich kenne nur die Legenden und Märchen, die von ihr erzählt werden. Naja, was eben so erzählt wird über Gegenden, wo eigentlich niemand freiwillig hingeht. In den meisten Fällen stimmt nichts von all dem."

Sie suchten kleine Äste oder Stöcker, mit denen sie sich Fackeln machen konnten, aber da es hier keine Bäume mehr gab, gab es auch keine kleinen Äste zu finden. Sie ärgerten sich, dass sie beim letzten Lager nicht daran gedacht hatten.

„Die Höhle hat einen wahrlich riesigen Eingang. Lasst uns erst einmal sehen, ob wir Fackeln überhaupt brauchen." gab der Schütze zu bedenken.

Gesagt getan. Dirk ging geradewegs auf die Höhle zu. Zwischen dem Weg und dem Höhleneingang gab es einen schmalen Abgrund, dieser war aber mit dicken Felsbrocken überbrückt. Als er fasst am anderen Ende angekommen war, brachen die Felsen zu seinen Füssen auseinander und er stürzte in den Abgrund. Seine Gefährten sahen noch sein entsetztes Gesicht. Er hörte wohl noch ihren Schrei seines Namens. Nachdem der letzte Fels in den Abgrund gestürzt war, war es still. Ganz still.

Anton lief zum Abgrundrand, er rief nach Dirk und schrie immer wieder seinen Namen. Es war nichts zu hören. Blankes Entsetzen machte sich breit. Magda weinte so jämmerlich, dass es den Fels hätte erweichen müssen. Nun lief Cleo noch zum Abgrund, aber auch ihre Rufe verhallten am Fels. Fred ging zu ihr, nahm sie bei den Schultern und zog sie langsam zu sich hoch. Er führte sie wieder zu den anderen. Als er sie loslassen wollte, warf sie sich in seine Arme und weinte auch.

Niemand nahm die Zeit wahr, die vergangen war, bis Michael das Wort ergriff.

„Nun haben wir nicht nur einen Gefährten und Freund verloren, nun ist auch unsere Mission vorbei. Es müssen alle Sternezeichen vertreten sein, um einen Kristall aus dem Felsen schlagen zu können."

Einige nickten, einige seufzten. Karl trat nun zu ihnen.

„ Ich habe auch ein Sternzeichen, ich bin Widder."

„An Widdern mangelt es uns nicht. Was uns fehlt ist ein Schütze und vor allem, der Schütze muss aus dem Land Zodiac sein, oder seine Eltern zumindest, ansonsten wirkt der Zauber nicht." sagte ihm Anton.

Also doch, aus und vorbei, all die Mühe, all die Entbehrungen völlig umsonst. Dieser sinnlose Tod eines Freundes, für eine längst nicht mehr so großartige Sache. Für einen Auftrag, dessen Bedeutung sie nicht mehr mittragen wollten. Aber was würde passieren wenn sie den Kristall nun nicht brechen könnten. Zurück nach Zodiac. Was den Menschen dort berichten? Angst wird sich breit machen. Es könnte zu Aufständen kommen. Wenn sie mit dem Kristall kommen würden, gäbe es verschiedene Möglichkeiten. Der Weg, wie ihn Karl wünschte oder zurück zum alten Leben. Sich zwischen zwei Dingen entscheiden zu müssen ist nicht immer einfach, aber ein Weg. Angst durch Unwissenheit bringt Caos.

„Vielleicht müssen wir noch nicht sofort aufgeben. Vielleicht gibt es da noch eine Möglichkeit." Flüsterte Magda.

„Es gibt da noch einen Schützen, dessen Eltern aus Zodiac sind. Nur, er ist noch nicht geboren."

Ungläubiges und verwirrten Schweigen. Stik war der erste der verstand, was Magda da sagte. Er ging auf sie zu, zog sie an sich und küsste ihr das Haar.

„Sie ist schwanger, unsere Fische." stellte Michael fest.

„Eine Fische ist schwanger von einem Skorpion. Na wenn das nicht den Rest aller Gläubigen zweifeln lässt."

Nun blieb nur eins, sie mussten versuchen, ob das ungeborene Schützlein den Zauber aufrechterhalten konnte. Es blieb ihnen ja gar nichts übrig. Wenn nicht, war ein Heimmarsch unumgänglich, denn der König musste wissen, dass die Mission gescheitert war und Entscheidungen treffen. Bevor es losgehen sollte, wollten sie eine Gedenkfeier für Dirk abhalten. Da sie nicht genau wussten, wie die Schützen das handhaben, wurde es schwierig. Da mischte sich Karl ein. Warum nicht so, wie die Menschen in Kataron es tun würden? Für die nichtvorhandenen Blumen suchte sich jeder einen schön geformten Stein. Und für den nicht vorhandenen Wein, um auf den Verstorbenen anzustoßen, nahmen sie Wasser. Anton spielte eine traurige Melodie auf seinem Holz und Lisa sang ein Lied dazu, so dass der Schmerz um Dirk nur umso stärker wurde. Magda sollte ein paar Sätze über den Schützen sagen, aber nach ein paar Worten konnte sie nichts mehr hervorbringen. So warf dann jeder einzeln seinen Stein in den Abgrund, als letzten Gruß für einen Freund.

König Hagen war schon vor zwei Tagen bei König Gother gemeldet worden. Sofort schickte er ihm zehn Ritter seiner Leibgarde entgegen, um ihn zu begrüßen und zu geleiten. Gothers Gefühle waren zwiespältig. Zum einen war er ungeheuer neugierig auf den Vertreter eines Landes, von dem man, abgesehen der Legende, nichts wusste. Zum anderen war er erzürnt über die Geiselnahme seines Generals. Aber er wollte abwarten, ob Hagen etwas davon wusste und es befürwortete, oder ob seine Leute das ohne sein Wissen getan hatten.

Ein kurzes Klopfen an der Tür und ein Mann der Wache trat ein. Er berichtete seinem Herrn, dass König Hagen gleich den Burghof erreichen würde.

Gother stand sofort von seinem Stuhl auf und ging zu dem Mann an der Tür. Der trat einen Schritt beiseite und ließ seinen König durch die Tür gehen. Sehr schnellen Schrittes gelangte Gother noch vor Hagen auf den Hof. Auf einmal fühlte er eine Hand auf seinem Oberarm. Ohne hinzuschauen nahm er sie, küsste sie und hielt sie in der seinen. In diesem Moment kam Hagen mit seinen Rittern durch das Burgtor. Es war ein imposanter Anblick. Gother musste sich eingestehen, dass der König von Zodiac eine beeindruckende Erscheinung war. Er nahm Helmas Hand und legte sie auf seinen Unterarm.

Dann ging er gemessenen Schrittes auf Hagen zu, der gerade dabei war, vom Pferd zu steigen.

Als sich die beiden Könige gegenüberstanden, nickten sie sich kaum merklich zu. Beide mit einem Lächeln auf den Lippen. Ein guter Anfang, dachten wohl beide. Gother zog Helma etwas mehr an seine Seite.

„Mein Gemahlin, Königin Helma."

Auch Helma nickte nur kurz zu Hagen, ließ dann aber Gothers Arm los und ging einen halben Schritt auf Hagen zu. Sie reichte ihm ihre Hand, die dieser sanft ergriff, einen Kuss auf sie hauchte und sagt: "Hohe Frau, Euer Gemahl ist ein beneidenswerter Herrscher." Noch mal ein kurzes Nicken und die Zeremonie der Begrüßung war überstanden. Zur Begrüßung der hohen Gäste wurde auf ein Zeichen hin Fanfaren geblasen. Worauf hin Hagen und Gother nebeneinander her die Burg betraten. Die beiden Könige betraten ein kleines Nebenzimmer des Thronsaals. Nachdem sie eingetreten waren, schloss ein Mann der Wache die Tür und stellte sich davor, so dass niemand den Raum mehr betreten konnte.

Helma zog es, so schnell sie konnte, die Treppe hoch. Sie gab den Hofdamen Bescheid, sie alleine zu lassen. Sie öffnete eine kleine Tür. Der Raum dahinter war nicht größer als ein Taubenschlag und wurde ansonsten als Abstellraum für leere Öllampen benutzt, so roch es dort dann auch. Viel wichtiger war das, was im Boden des

Raumes war, eine winzige Öffnung, die Einsicht in den Raum darunter gab. Und da unten saßen Hagen und ihr Gatte. Noch sprach niemand. Gother bewirtete seinen Gast selbst. Auf dem Tisch standen Leckereien und Wein. Nachdem er Hagen eine Becher Wein gereicht, mal ein wenig am Obst genascht und sich ihm gegenüber hingesetzt hatte, fragte er:

„Und? Was tun wir nun hier?" wobei er Hagen freundlich ansah.

„Unsere Welten neu ordnen?" gab Hagen als Gegenfrage.

„Die Welt ist nicht mehr gut so wie sie ist?"

„Sie war gut, solange wir die Wahrheit über uns selbst nicht kannten. Unsere Möglichkeiten nicht kannten. Aber wie kann man auch etwas vermissen, was man nicht kennt?"

„Und wisst ihr schon, wie eure neue Welt aussehen soll?"

„Ich habe eine Vorstellung, aber ich bin nur ein einfacher, auf den Thron gesetzter Mann. Wie kann ich so große Entscheidungen treffen, ohne sicher zu sein, dass mein Volk das auch will? Was ist, wenn Menschen die alte Ordnung behalten wollen? Und dann Bruder gegen Bruder zieht, um seinen Willen durchzusetzen?"

„Ein Krieg im eigenen Land ist noch schlimmer, als das Land gegen äußere Feinde zu verteidigen." pflichtete Gother Hagen zu.

„Wie ist das bei Euch? Herrscht in deinem Land Ruhe und Frieden?"

„Nein. Nicht immer. Es gibt immer mal Menschen, deren Welt auch nicht mehr in Ordnung ist und dann verlangen sie, dass das gesamte Land ab sofort anders leben soll, so wie sie es wünschen."

„Was tust du dann."

„Zuerst werden Spione gesandt. Dann erfährt das Volk, was diese Menschen eigentlich wollen. Nicht immer ist alles falsch, was da gefordert wird, aber das Volk nimmt es leichter an, wenn es von Ihrem König kommt. Leider sind aber auch oft Forderungen dabei, die gegen das Allgemeinwohl gerichtet sind oder die Freiheit des einzelnen angreifen. So etwas toleriere ich nicht. Wenn sie sich dann nicht zurückziehen, schicke ich Truppen. Es kommt auch zu Hinrichtungen. Ich bin verantwortlich für so viele Menschen, diese Menschen erwarten meinen Schutz."

„Was ist deinen Bürgern am wichtigsten? Versorgung? Frieden?" fragte Hagen.

„Ihre Freiheit."

„Einige meinen, Gesetze beschneiden jede Freiheit."

„Gibt es keine Gesetze, herrscht Caos. Jeder muss mit sich ausmachen, in wieweit die Gesetze zu seiner persönlichen Freiheit passen. Und wenn er meint, er kann so nicht leben, kann er in ein anderes Land gehen. Aber es gibt kein Land auf dieser Welt, das keine Gesetze hat. In gewisser Weise muss sich jeder unterordnen, sogar wir." sprach es und goss Hagen noch einen Becher Wein ein.

„Aber", sprach Gother weiter, „unsere Menschen können gehen, wenn sie wollen. Können heiraten, wen sie wollen, Kinder bekommen von wem und wann sie wollen, Handel treiben mit wem sie wollen. Wobei wir an einem Punkt wären, der mir sehr am Herzen liegt. Jetzt, da unsere Länder eine Brücke verbindet, können wir doch Handelsbeziehungen aufbauen, zu unser aller Wohl. "

„Unser aller Wohl." wiederholte Hagen Gothers Worte. Er stand auf, ging zum Fenster und sah in den Burghof. Dort herrschte große Geschäftigkeit, denn am Abend war ein Festbankett und da gab es für die Dienerschaft viel zu tun.

„Durch Unwissenheit habe ich die kühnsten Menschen meines Landes ins Verderben geschickt. Ich nahm an, sie wären schon an der Brücke gescheitert. Wir waren verwirrt als sie sich vor uns auftat. Ein Wesen, das die Hexe gut kennt, hatte uns versichert, dass dort keine wäre. Beziehungsweise, keine zu begehen wäre."

„Dort war auch keine Brücke. Auf jeden Fall nicht zur allgemeinen Benutzung." meinte Gother ironisch.

„Aber deine Leute müssen es geschafft haben, den Zauber der Brücke zu brechen, wie auch immer, nun ist sie da."

„Vielleicht werden wir nie erfahren, was geschehen ist, wir haben keine Nachricht von unserer Truppe."

„Keine Nachrichten kann man so nicht sagen. Vor einiger Zeit entführten sie meinen ersten General."

Als Gother dies zu Hagen sagte, sah er ihm genau ins Gesicht und das einzige was er sah, war Verblüffung. Gut dachte er, er wusste nichts davon. Also beschloss er, Hagen alles zu erzählen, was er wusste. Den Raub der Karten ließ er dabei nicht aus. Ehrlichkeit gegen Ehrlichkeit.

Beiden Männern war klar, dass sie nur gemeinsam eine Lösung schaffen könnten. Es wurde ein langer Bericht mit vielen Gegenfragen seitens Hagen. Aber Gother wusste über die letzte Zeit auch nichts mehr zu berichten. Er konnte nur annehmen, dass sie inzwischen in Morf waren.

„Wie kommen wir nun am besten über den Abgrund?" fragte Eik und sah auf den Grund hinab. Nicht ohne an den zerschmetterten Körper von Dirk zu denken.

„Das ist nicht breit, da springe ich hinüber." bot sich Anton an.

Wolf nahm Anton all sein Gepäck ab, band ihm Freds Seil um die Taille, klopfe ihm auf die Schulter und wand sich ab. Auch er musste an Dirk denken. Wie lange noch würde dieser Schmerz so stark anhalten?

Mit einem Satz war Anton auf der anderen Seite. Nun folgten sie anderen zehn auf dieselbe Weise. Immer gesichert durch ein Seil, übersprangen sie den Abgrund. Als Magda springen wollte, schauten sie alle angespannt an. Und voller Wut über die Geste, wand sie das Seil von sich ab, und mit einem langen Satz befand sie sich am Höhleneingang. Ohne ein Wort ging sie langsam, gefolgt von den anderen, in die Höhle hinein.

Es war tatsächlich viel heller, als von weitem gedacht. Es gab keinen Weg. Mühsam stolperten sie über Felsschotter. Noch konnten sie sich nicht verlaufen haben, denn noch folgten sie einfach dem schwächer werdenden Licht, immer weiter in die Höhle hinein. Hier und da hörte man das Geräusch von weglaufenden Kleintieren. Sicher gab es hier Ratten. Oder schlimmeres, ging es Cleo durch den Kopf.

Und dann wurde es so dunkel, dass sie nichts mehr sehen konnten.

„Toll und nun?" Urs kramte in Seinem Tragesack herum und zog ein Hemd hervor. Das wickelte er straff über den Stiel seiner Axt und umwickelte es mit einem Band. Dann stolperte er zu Wolf und ließ sich ein wenig von deren Haaröl auf das Stück Stoff träufeln. Mit Hilfe von Feuerstein und Zunder brachten sie die Fackel zum Brennen.

Und sofort sahen sie es. Gebannt starrten alle zur Decke. Die Kristalle!

Funkelnd wie ein Sternenhimmel, leuchteten Kristalle im Fackelschein auf sie herab.

Geschafft, sie hatten es tatsächlich geschafft.

Aber nun stellte sich die Frage, wie sie einen der Kristalle aus dem Felsen lösen sollten. Doch wie von Geisterhand, fiel Ihnen einfach einer herunter.

„Das war es? Einfach so fällt er uns in den Schoss?" fragte Eik. Der Löwe zuckte mit den Schultern und wollte den Kristall aufheben, als Ihn ein Schlag an den Kopf traf. Jemand hatte einen Stein auf Ihn geworfen. Blut lief ihm über das Gesicht und er schlug mit dem Gesicht zum Boden hin. Urs wollte einen Schritt auf ihn zu machen, als ihn ebenfalls ein Stein traf. Man konnte deutlich hören, wie sein Oberarmknochen unter der Wucht des Aufpralls brach. Der Schmerz ließ ihn aufschreien.

„Wer ist hier und was wollt ihr von uns?" rief Lisa in die Dunkelheit. Als der nächste Stein geflogen kam, riss sich Stik seinen Schild vom Rücken und stellte sich schützend vor Magda. Keine Sekunde zu früh, denn schon schlug der Stein auf dem Schild ein.

„Zeig dich, du Feigling." Rief nun der Steinbock und stellte sich breitbeinig auf.

Wolf verspürte neben sich ein Huschen. Er blieb regungslos stehen, um sich besser konzentrieren zu können. Da, noch ein winziger Lufthauch, als ob sich jemand um sie herum bewegte. Silvia tastete sich langsam auf den Löwen zu. Er war schwer verletzt, aber lebte. Aber wo war der Kristall? Im Dunklen tastete sie hier und da nach dem Kristall. Sie konnte ihn nicht finden.

Alle warteten gebannt auf den nächsten Stein oder eine Antwort aus dem Dunkel. Die Anspannung war kaum zu ertragen.

Erst war es ein leises Raunen, dann ein hörbares Dröhnen und der Geruch von Wasser breitete sich in der Höhle aus.

„Wir müssen hier raus!" Schrie Wolf.

Fred nahm sich den Löwen unter den Arm, Eik stützte Urs, dann rannten sie zurück zum Ausgang der Höhle. Zum Glück wurde es immer heller, je näher sie dem Ausgang kamen, und so konnten sie immer schneller laufen. Sie hatten nicht mehr die Zeit, alle nach einander über den Abgrund zu springen. So postierten sie sich an die Felswand gepresst links und rechts vom Eingang. Im letzten Moment, denn schon schoss einen Flutwelle aus der Höhle über den Abgrund. Die Wucht des Sogs erfasste Lisa, die als letztes aus der Höhle kam und riss sie mit. Im letzten Moment bekam Wolf sie zu fassen, aber auch er verlor den Halt auf dem nassen Stein. Der General erfasste seinen Gürtel und zog ihn mit alle Kraft zu sich heran.

„Wenn du sie los lässt, bringe ich dich um."

„Wenn du mich loslässt, bringe ich dich um."

So schnell wie das Wasser kam, so schnell plätscherte es einige Augenblicke später friedlich vor sich hin, bis es ganz verschwand.

Wolf versuchte nun, halt unter den Füssen zu finden. Lisa hing immer noch unter ihm, über dem Abgrund. Wolf spürte wie ihn seine Kräfte verließen.

„Los zieht mich hoch, los."

Langsam, damit Lisa nicht doch noch abstürzte, wurde Wolf auf den Felsvorsprung gezogen.

Als er sich umsah, sah er, wie nun auch Urs mit seinem gesunden Arm noch an ihm zog. Außer Atem und völlig verwirrt, saßen alle einige Minuten später im Höhleneingang und schnappten nach Luft. Michael ging es nicht gut, sein Schädel war schwer verletzt.

Sie waren hilflos, ratlos, erschöpft, ohne Kristall. Und dann starb der Löwe.

Der Schmerz des Verlustes ließ sie schweigen. Bis Anton zu weinen begann. Bilder tanzten vor seinen Augen. Der Spaß, den sie trotz alledem immer zusammen hatten. Die Gespräche, die Pläne für eine neue Zeit. Anton sank auf die Knie und brüllte seinen Schmerz mit einem animalischen Schrei hinaus in die Welt.

Es waren alles Lügen, alles Lügen. Sein Leben und das vieler Generationen vertan, um einer Lüge willen. Vertan um den Willen einer unbarmherzigen Frau.

Als sie wieder auf der anderen Seite des Abgrunds waren, sammelten sie Steine und begruben ihn. Der Widder nahm seinen Tabakbeutel und legte ihn auf des Löwens Brust, als letzten Gruß, dann legte er den letzten Grabstein auf ihn.

Gothers Ritter ritten schnell. Morf lag einige Tagesreisen entfernt. Sie sollten die retten, die die Rettung bringen sollen. Gother hatte seine besten Männer geschickt. Als sie mit den Pferden nicht mehr vorankamen, gingen sie wie vorher die dreizehn zu Fuß über den Berg bis Morf. Der Anblick, der sich ihnen bot, als die elf ihnen entgegen kamen, ließ sie schlimmes ahnen. Dreckig, Blutverschmiert und erschöpft. Vor allem ohne Hoffnung und voller Trauer. Alle Opfer waren umsonst.

Die Ritter waren sich bewusst, dass diese Leute keinen langen Marsch mehr überstehen würden. Also schickten sie einen Boten zum König und machten im ersten Dorf, in dem sie ankamen, Quartier.

Eine Heilerin übernahm die Behandlung von Urs. Und eine Hebamme gab Magda Quartier. Der Kampfmut hatte die zehn verlassen.

Der erste, der anfing, über die Erlebnisse zu sprechen, war General Karl.

„Bei all der Trauer um eure Kameraden, wir müssen herausbekommen, was dort in der Höhle passiert ist. Es darf nicht sein, dass so tapfere Männer völlig umsonst gestorben sind. Denkt nach. Erst gab uns der Berg den Kristall freiwillig und dann nahm er ihn uns wieder? Habt ihr gegen ein Tabu verstoßen? Habt ihr an alles gedacht?"

„Es gab nur ein Gesetz. Wir mussten alle zwölf Sternzeichen darstellen. Eventuell ist ja Magdas Kind doch kein vollzähliges Sternenkind, weil es noch nicht geboren ist." Meinte Wolf dazu.

„Aber dann hätte der Berg uns den Kristall gar nicht erst gegeben." sagte Urs.

Nun erzählte Wolf, was er in der Höhle gespürt hatte. Wie er das Gefühl hatte, dass sie nicht allein in der Höhle gewesen sind. Sie waren sich einig das es ein magischer

Ort ist und somit sicher auch Geister dort verweilen könnten. Und was ist mit der Hexe?

„Was, wenn die Alte gar nicht von uns gegangen ist, Was wenn sie die ganze Zeit bei uns war? Unsichtbar." Gab Urs zu bedenken.

„Der Gedanke ist gar nicht so abwegig, mein starker Freund", erwiderte der General.

„Wenn sie uns begleitet hat, hat sie auch unsere Gespräche belauscht. Dann weiß sie, was ihr vorhabt, wenn ihr wieder in Zodiac seid. Dann weiß sie, dass ihr den Kristall nicht einfach austauscht und alles beim Alten bleibt. Sie würde sterben."

Also hat die Hexe den Löwen auf dem Gewissen. Die Frage bleibt, wie ist es möglich, dass sie ihre Untat einfach so, an diesem heiligen Ort begehen könnte, ohne von den Göttern oder den Geistern der Höhle bestraft zu werden.

„Einen Geist gibt es auf jeden Fall dort im Gebirge, davon bin ich zu tiefst überzeugt." meldete sich Sylvia zu Wort. „Seit wir im Gebirge waren, träumte ich denselben Traum. Ein junger Ritter erschien mir jede Nacht. Er war es auch, der mich weckte, als die Gämse sich zeigte."

Zu einem anderen Zeitpunkt wären sicher lästernde Kommentare zu dieser Aussage gekommen, aber nun schauten alle nur zu Sylvia und jeder ging seinen Gedanken zu dieser neuen Information nach.

„Wie sah er aus, der Ritter?" fragte Karl sehr ernst.

Sylvia fing an ihn zu beschreiben. Sie empfand ihn als hoch gewachsen und stattlich. Sehr gut gekleidet … weiter kam sie nicht.

„Sah er aus, wie ein Prinz?" fragte Karl.

„Jetzt wo du es sagst. Er trug einen Reif auf dem Kopf, mit einem kleinen Rubin.

„Hektor!"

Sofort fiel allen die Geschichte ein, die der General ihnen im Dorf erzählt hatte.

„Du hältst immer noch an diesem Märchen fest?" wollte Fred wissen.

„Seid ihr wirklich so blind, dass ihr nicht begreift, dass ihr schon mitten in der Geschichte seid?" donnerte Karl los. Er stand auf, warf einen kurzen Blick auf Lisa und wollte die Runde verlassen. Lisa stand auch auf, legte ihm eine Hand auf die Schulter und bedeutete ihm, sich wieder zu setzten. Dann sagte sie: "Er hat doch recht. Alles was wir bisher erlebt und gehört haben, bestätigt doch nur, was Karl sagt. Unsere Aufgabe ist noch nicht zu Ende. Ob der Kristall nach Zodiac kommt oder nicht, auf keinen Fall darf die Hexe ihn austauschen. Wir müssen ihn der Hexe abnehmen. Wir wollten doch alle, dass sich in unserem Land etwas ändert. Natürlich könnten wir auch einfach nicht wieder nach Zodiac gehen und für die Menschen dort bleibt alles beim Alten. Aber das würde nie von unserer Seele gehen. Wir würden Dirk und Michael damit verraten. Sie sind dafür gestorben."

„Wenn das alles nur unser König wüsste." seufzte Fred.

Nun übernahmen es die Ritter, den elf zu erzählen, dass ihr König in Kataron ist. Dass er und König Gother sich verbündet haben, um die Hexe zu stellen und den beiden Ländern ein neues Zeitalter zu geben. Nicht nur die zehn übrig gebliebenen Gefährten kamen aus dem Staunen nicht mehr raus, auch der General wurde ganz aufgeregt bei den guten Nachrichten.

„Das würde ja heißen, auch wenn die Hexe den Kristall austauscht, wir könnten dann mit allen Sternenmenschen zusammenleben, als ein Volk, mit einem König…"

„Und wenn der König einen Sohn zeugt, ist sie tot." beendete Fred den Satz.

„Aber was ist mit Hektor?" wollte Sylvia wissen. „Soll er im Felsen darben bis der König von Zodiac einen Thronfolger hat? "

Nun wurde eifrig diskutiert, Pläne entworfen und verworfen. So richtig wusste niemand, was sie tun sollten um die Hexe zu besiegen und Hektor aus dem Fels zu erlösen.

Bei all dem Gestreite und Gerede kam ein junges Mädchen auf die Gruppe zu. Sie war kaum älter als zehn Jahre. Sie trug ein buntes knielanges Kleid und eine graue Schürze darüber. Ihre blonden Haare hingen zerzaust über ihre Schultern. Sie schaute zu Karl, sicher weil sie seine Uniform als die ihres Königs erkannte. Nach einem kurzen Augenblick kam die Mutter der Kleinen angelaufen. Stellte sich hinter sie, machte einen Knicks in Richtung Karl und bat um Entschuldigung, für die Dreistigkeit Ihres Kindes. Schon wollte sie das Mädchen mit sich zerren, als die zu Karl sagte: "Ich weiß, wo sie sich versteckt. Ich weiß, wo die alte Frau schläft."

„Wo?"

„Bei den Sotts. Ich weiß, ich darf dort nicht hingehen, in ihren Wald, aber dort gibt es die besten Pilze. Und mir haben sie noch nie etwas getan."

„Bist du von allen guten Geistern verlassen Kind?" meldete sich die Mutter und schon hatte die Kleine eine Kopfnuss bekommen.

Niemand wusste so richtig, wer die Sotts waren, berichteten die Dorfbewohner dann den Gefährten. Sie mieden ihren Wald, die Sotts mieden ihr Dorf. Die meisten von ihnen hatten noch nie einen Sott zu Gesicht bekommen. Und die, die schon einen sahen, beschrieben sie als Gnomenhaft.

Man war sich einig, dass die Hexe sicher in deren Wald ging, weil sie wusste, dass dort niemand aus dem Dorf hingeht, außer eben das kleine Mädchen.

„Und wo genau versteckt die Alte sich dort im Wald?" fragte Fred die Kleine, wobei er sich hinhockte, damit sie keine Angst vor ihm bekam. Aber die Kleine wirkte auch nicht wirklich eingeschüchtert. Fröhlich plapperte sie drauf los.

In wenigen Stunden waren die Waffen gesäubert und der Proviant verstaut.

„Nein, Ihr kommst auf keinen Fall mit!" keifte Lisa Urs und Magda an. Magda sträubte sich nicht halb so sehr wie Urs. Ihr Leib war schon so groß, dass sie Schwierigkeiten hatte, sich bequem auf den Boden zu setzen. Die Hebamme schaute sie nur kopfschüttelnd an.

„Mein linker Arm ist genauso stark wie mein rechter!" schnaufte Urs Lisa an.

Nun kam Stik ins Spiel. Er zog Urs bei Seite und machte ihm klar, dass er sich nicht voll auf den eventuellen Kampf konzentrieren könnte, wenn er Magda hier allein und ohne Schutz wüsste. Die Bauern wären ja zu keinem Kampf in der Lage. Urs ließ sich noch eine Weile bitten, willigte dann aber ein.

So zogen sie los, in den Wald des Sotts.

Es war früher Nachmittag als sie loszogen, Gothers Ritter, der General und die acht Gefährten. Es würde noch einige Stunden hell bleiben, falls der Wald nicht so dicht ist, dass kein Sonnenlicht auf den Boden fällt. Die Bäume standen nicht all zu dicht, aber das Unterholz war sehr verwachsen, so mussten sie sich einen Weg durch das

Dickicht schlagen. Stik ging voran. Mit seiner Axt schlug er eine Bresche, die von zwei Rittern erweitert wurde, so dass die Übrigen leichten Fußes durch das Unterholz kamen.

Sie waren noch gar nicht lange unterwegs, als ein Dröhnen sie aufblicken ließ. Als eine Weile nichts geschah, wollten sie gerade weitergehen, als das Dröhnen ein zweites Mal erklang. Lauter, näher, bedrohlicher. Ein Stampfen kam direkt auf Sie zu. Wenige Meter vor ihnen wurden Bäume umgebrochen wie Strohhalme. Die Kämpfer gingen ein paar Schritte zurück und dann sahen sie den Feind. Groß, riesig stand er vor ihnen. Man konnte ihn auf fünf bis sechs Meter Höhe schätzen. Um die Lende trug er nur einen Lappen. Seine Haare waren zerzaust und an den Füßen trug er keine Schuhe. Und sein Blick, ja sein Blick, der war ungewöhnlich. Er wirkte verwirrt, ängstlich oder traurig. Aber die Gefährten hatten keine Zeit länger darüber nachzudenken. Schon griff der Riese nach einem der Ritter, aber der konnte geschickt ausweichen, spannte im Lauf seinen Bogen und schoss dem Riesen genau in die Stirn. Der jaulte laut auf und wollte den Pfeil aus seinem Kopf ziehen. Abgelenkt dadurch war es Wolf möglich, seine Axt auf ihn zu werfen und Eik konnte einen Pfeil abschießen. Wolfs Axt traf ihn am Oberarm, der Pfeil von Eik flog vorbei.

„Nicht dein Tag?" zischte Wolf Eik an.

Nun versuchte der Riese die Axt aus dem Arm zu ziehen, was ihn auch gelang. Eine breite Blutspur breitete sich auf seinem Arm aus. Wieder versuchte er nun, endlich den Pfeil aus dem Schädel zu bekommen und auch den war er nun mit einem kräftigen Ruck losgeworden.

Während dieser Zeit spannten nun alle Krieger die einen hatten, ihren Bogen. Mit dem Ruf

„Jetzt" von Cleo schossen sie ihre Pfeile auf den Riesen ab. Alle saßen.

„Siehst du, so geht das!" zischte Wolf noch mal zu Eik, der den Mund zu einem Grinsen verzog.

Der Riese torkelte zurück, fiel nach hinten und fällte dabei noch ein Dutzend Bäume. Er schrie, weinte und jammerte. Fred ging in Richtung Riese und allen war bewusst, dass er ihn mit seiner Axt erschlagen wollte. Als er am Kopf des sich windenden Riesens stand, wurde er von mehreren Wesen, die kaum größer waren als ein vierjähriges Kind, angegriffen. Sie sprangen direkt aus dem Unterholz auf ihn drauf.

Sofort kamen ihm die anderen zur Hilfe. Wolf schnappte sich einen der kleinen Dinger und warf ihn zur Seite. Der rappelte sich sofort wieder auf und sprang nun Wolf an. Dabei biss er Wolf so fest in den Arm, das der ihn sofort wieder wegschleuderte. Nun schnappte sich Fred einen von ihnen, hielt ihn vor sich hin und betrachtet ihn. Alle anderen hatten voll damit zu tun, sich die kleinen Plagegeister vom Hals zu halten. Ein weiterer Trupp der Wesen kletterte auf den Riesen und versuchten ihm die Pfeile aus dem Körper zu ziehen. Dabei weinten und jammerten sie so laut, dass kaum noch jemand sein eigenes Wort verstand.

„Was beim Bart meiner Mutter ist das hier für ein Theater?" brüllte Fred. Dann schnappte er sich einen der kleinen Männer, denn das konnte man nach näheren Betrachten sagen, es waren einfach sehr kleine Männer und schrie ihm ins Ohr: „ Sag deinen Leuten die sollen Ruhe geben, sonst schlage ich dem Riesen den Kopf mit einem Hieb ab!"

Mit weit aufgerissenen Augen sah der kleine Mann Fred an. Dann griff er in seinen Wamst und zog ein kleines Horn heraus. Noch einmal sah er in die glühenden Augen von Fred, setzte dann das Horn an den Mund und blies herein. Nichts, kein Ton war zu hören. Aber die Kameraden des Mannes hörten etwas, denn sie ließen vom Riesen ab und kamen zu Fred. Als sie alle zu seinen Füßen standen, machte er sich noch etwas gerade und donnerte los: "Ich höre!"

„Bitte Herr, lasst uns erst unseren Bruder von den Pfeilen befreien und seine Wunden versorgen." Stammelte der kleine Mann.

„Nein, erst will ich wissen, was das hier eben war." Ließ Fred ihn wissen.

Im Hintergrund war das schwache Wimmern des Riesen zu hören. Der kleine Mann sah zu ihm und seufzte. Dann setzte er sich auf den Boden, was ihm sofort alle seine Kameraden nachmachten. Verwundert über sich selbst, nahm auch Fred auf dem Waldboden Platz. Einige der Gefährten folgten seinem Beispiel.

Sei Name sei Boxer und er wäre der Stammesälteste. Sie wären ein friedliebendes Volk und haben mit niemandem Streit. Die Menschen aus dem Dorf haben Angst vor ihnen und das ist gut so, so haben alle vor allen Ruhe. Und der Riese, nun ja der Riese, der ist eigentlich auch ein Gnom wie sie alle. Aber die widerliche Hexe hat ihn zu einem Riesen wachsen lassen, damit sie ihn gegen die Ritter und die Menschen aus Zodiac einsetzen kann. Was sie aber nicht geschafft hat, seine Seele ist rein, nur sein Körper hat den Zauber angenommen.

Dann bat er herzerweichend, ihn endlich zu ihrem Bruder gehen zu lassen, er hätte furchtbare Angst und sicher auch Schmerzen. Mit eine Handbewegung erlaubte Fred ihm das.

Eines war damit allen klar geworden. Die Hexe ist wohl nicht mit Schwert und Pfeil zu besiegen. Sie brauchten unbedingt einen Zauberer.

„Boxer!" rief Cleo.

Boxer eilte zu Cleo, machte einen eleganten Diener.

„Boxer. Kennst du einen heiligen Mann oder einen Zauberer in eurem Land?"

Lange überlegte Boxer nicht, als ein Leuchten in sein Gesicht kam.

„Einen Mann nicht, aber eine Frau." berichtete Boxer.

Er wisse von einer Frau, die in einem Haus am See lebt. Die Frauen aus dem Dorf gehen manchmal zu ihr, wenn sie so Frauenprobleme haben. Und jede, die schon da war, berichtete davon, dass in dem Haus wundersame Dinge vorgehen. Gegenstände bewegen sich von alleine. Tiere würden sich mit der Frau unterhalten. Und es soll immer ein eigenartiger Wind durch ihr Haar gleiten, auch wenn es völlig Windstill ist. Ansonsten soll sie durchaus freundlich und liebevoll mit den Frauen umgehen. Männer werden von ihr nicht empfangen, nur Frauen und Kinder. Ungefähr einen Tag würde der Weg zum See dauern. Da Boxer aber von seiner Schrittweite ausging, war Cleo davon überzeugt, dass sie nur ein paar Stunden für den Weg brauchen werden.

Alle gingen zurück ins Dorf. Boxer nicht, er und seine Brüder wollten bei Sonnenaufgang am Dorfanger auf die Gefährten und Ritter warten.

Am nächsten Morgen fanden sich beide Seiten pünktlich am Anger ein und die kleine Armee zog los. Fred hatte ein paar Pferde von den Bauern gekauft. Darauf ritten nun die Sotts. Als die Sonne im Mittag stand, glitzerte ihnen das Wasser des Sees entgegen.

„So, die Herren, " begann Lisa. „Wir, Cleo und ich, gehen zu der Frau in die Hütte. Ihr seid in zwischen Zeit brav und macht keine Dummheiten!" Karl lachte laut auf.

Die Frauen legten alle Waffen ab, bis auf jeweils ein Messer, dass sie gut in der Kleidung verborgen hielten. Dann stiegen sie einen kleinen Pfad zum Seeufer, auf die Hütte hinunter.

Die Tür zur Hütte stand offen. Lisa rief laut einen Gruß. Keine Reaktion. Sie gingen um die Hütte drum herum, niemand da. Eine Taube flog durch die offene Tür ins Haus. Noch einmal reif Lisa einen „guten Tag" in die Hütte. Eine junge, schöne, andersartig gekleidete Frau trat auf einmal aus der Hütte.

„Den wünsche ich euch auch. Und wie kann ich euch helfen?"

Das plötzliche Erscheinen der Frau machten Cleo und Lisa für einen Moment sprachlos. Cleo fasst sich als erste und stellte sich und Lisa der Frau vor. Sie erzählte ohne lange Umschweife, worum es ginge und warum sie hier wären.

„Die Hexe aus Zodiac ist also hier?" meinte die Frau und wirkte, als ob sie in tiefe Gedanken gefallen wäre. Cleo und Lisa wagten nicht sie anzusprechen. Auf einmal drehte sie sich zu den beiden um und sagte:" Wohl an, lasst uns das Böse besiegen!"

Dann sah sie an sich runter. Sie trug ein hellblaues Kleid auf dessen Saum, bunte Blumen eingestickt waren. Ein ziemlich tiefer Ausschnitt ließ ihre Brüste wirken. Ihre blonden Haare fielen in schweren Locken über Ihre Schultern und beinahe unmerklich bewegte es sich etwas, wie vom Wind angehaucht. Sie war barfuß. Alles in Allem war sie eine wunderschöne Frau von ungefähr 20 Jahren.

„Wie alt bist du?" fragt Lisa.

„Alter ist unwichtig, Schönheit ist unwichtig. Nur die Taten zählen. Ein junger Mensch kann von Weisheit durchdrungen sein und ein alter von Schönheit." Sprachs, macht eine seitliche, winkende Handbewegung und stand auf einmal in Hosen und Wamst vor den Frauen. Dann stellte sie sich vor einen Spiegel und flocht sich die Haare zu einem Zopf, den sie am Ende mit einem Band zusammenhielt.

Ohne weiter auf Cleo und Lisas Verblüffung zu achten, ging sie aus dem Haus und erwartete offensichtlich, dass die beiden Anderen ihr folgen würden, was sie auch taten.

„Wo ist eure Armee?" fragt sie im Gehen.

„Nicht weit von hier, wir müssen nur den Pfad dort hoch." Erwidert Cleo.

„Wie ist eigentlich Dein Name?" Fragt einer der Ritter die Zauberin ganz wie nebenher. Aber sie lächelte ihn nur freundlich an und sah wieder nach vorn.

Vor den beiden erstreckte sich die kleine Armee. Es gab schon ein eigenartiges Bild ab, mit den schwerbewaffneten Rittern, den kleinen Sotts auf den Pferden. Die Helden aus Zodiac wirkten wie Waldläufer. Und trotz ihrer Unterschiedlichkeit, hatten sie alle ein großes Ziel. Freiheit für die Menschen in Zodiac und für die liebenswürdigen Sotts.

Als sie wieder am Waldrand ankamen, war es für einen Angriff auf die Hexe zu spät geworden. Im Schutze des Unterholzes errichtete man ein klägliches Lager. Viel zu essen hatten sie auch nicht, aber die Anspannung die jeder in sich fühlte, verdarb sowieso jeden Appetit.

Karl trat zur Zauberin.

„Wie dürfen wir euch nennen? Und was noch viel wichtiger ist, wie lautet euer Plan und wie können wir euch helfen?"

„Eliana. Und, ich weiß noch nicht, was ich für EUCH tun kann. Ich werde bei Sonnenaufgang zur Hexe gehen und dann entscheide ich, was passieren wird."

Dann stand sie einfach auf, ging ein paar Schritte und setzte sich wieder. Damit war für sie das Gespräch beendet. Für Karl noch nicht. Er ging zu ihr rüber und kniete sich neben sie.

„Ihr könnt nicht ohne Schutz gehen. Ich würde es mir nie verzeihen, wenn euch etwas zustoßen sollte."

Die Zauberin sah ihn an und auf einmal wehten ihre Haare wie vom Sturm erfasst. Ihre Augen glühten und mit donnernder Stimme frage sie:

„Was interessiert euch mein Schicksal? Ihr Männer kommt und geht. Bringt Eure Probleme zu uns Frauen und dann verschwindet ihr wieder. Auf zu neuen Abenteuern!"

Die Stimme war so laut, dass alle zur Zauberin starrten und niemand wagte etwas zu erwidern. Langsam legte sich das Glühen in den Augen und der Sturm in ihrem Haar. Wieder stand sie auf, ging ein paar Schritte weg von Karl und hockte sich erneut auf den Boden. Noch hatte Karl sich von dem verbalen Angriff nicht erholt. Also blieb er einfach sitzen wo er saß und starrte den Rücken der Zauberin an. Langsam kam Lisa auf ihn zu, legte eine Hand auf seine Schulter und ließ ich neben ihn auf den Boden gleiten.

„Das nenne ich mal einen Korb bekommen." sagte sie ihm ganz leise ins Ohr.

Es dauerte eine Weile, bis Karl den Witz erfasste und schmunzeln konnte.

Die Frau schien Männer wirklich abgrundtief zu hassen. Ein Mann sollte auf jeden Fall auf der Hut sein.

Als die Vögel zu singen begannen und es langsam unruhig im Lager wurde, ging Eliana los.

Sie musste nicht lange suchen, bis sie die Hütte fand, in der die Hexe sich befinden sollte.

Sie nahm wieder die Gestalt einer Taube an, flatterte durch das offene Fenster in die einzige Stube der Hütte und nahm dann wieder Ihre menschliche Gestalt an. Die Hexe lag auf einem Lager vor dem Herd. Die Zauberin stand einfach da und sah sie an.

„Mutter wach auf!"

Die Hexe blinzelte gegen die Sonne, die sich nun über einen langen Strahl im Zimmer ergoss.

„Wach auf, ich bin es, Eliana."

Noch sagte die Hexe gar nichts. Sie hatte noch nicht ganz erfasst, was hier geschah. Dann versuchte sie aufzustehen, aber Eliana machte eine kurze Handbewegung die eine unsichtbare Fessel um die Hexe legte. Da riss die Alte die Augen weit auf, bewegte eine Hand und die Zauberin flog mit aller Gewalt gegen die Hüttentür.

„Wie kannst du es wagen?" schrie die Hexe.

Dann sprang sie auf die Beine wie ein junges Mädchen, griff ihren Stab und stelle sich genau vor der Zauberin auf. Beide Frauen sahen sich genau in die Augen.

„Es ist aus Mutter. Die Menschen halten gegen dich zusammen. Es ist nur eine Frage der Zeit, bis sie einen Weg gefunden haben, dich zu beseitigen. Das muss nicht bis dahin kommen. Lass sie einfach in Ruhe."

„Bist du wahnsinnig geworden? Ich soll alles aufgeben, was über Jahrhunderte so herrlich funktioniert hat?"

„Was hat denn wie funktioniert? Du hockst da auf dem Berg in einer kleinen Hütte und kein Mensch will etwas mit Dir zu tun haben. Dein Hass gegen die Menschen hat alles in dir zerfressen, was irgendwann mal gut war."

Die Alte starrte Ihrer Tochter die ganze Zeit fest in die Augen. Kein Gesichtsmuskel bewegte sich.

„Ich hatte eine Vision, Mutter. Es wird ein Thronfolger geboren."

„Das kann unmöglich geschehen. Der Kristall verhindert die Zeugung."

„Nur in Zodiac, aber der König ist nicht mehr in Zodiac."

Das war zu viel für die Alte. Sie taumelte nach hinten und konnte gerade noch verhindern nicht auf den Lehmboden zu fallen, indem sie sich auf ihren Stab stützte.

„Gib auf Mutter, geh fort und lebe. Solange Du noch leben kannst. Und gib mir den Kristall!"

„Niemals!"

„Gib ihn mir! Ohne den Kristall gehen die Menschen nicht zurück nach Zodiac. Sie jagen dich bis sie ihn haben."

Die Hexe macht sich so gerade wie sie konnte. Dabei stützte sie sich schwer auf Ihrem Stab ab.

„Gut, ich gehe fort, aber ich gebe nicht auf. Es gibt immer Wege und Möglichkeiten. Ich werde eine Möglichkeit finden. Ich finde immer eine Möglichkeit. Und du! Du solltest dir bewusst sein, dass die Menschen dich nur benutzen. Irgendwann wirst du erwachen aus deinem Traum von Liebe und Vertrauen. Dann rufe nach mir, ich werde kommen."

Dann griff sie in eine Tasche in der Innenseite Ihres Mantels und holte den Kristall hervor. Sie sah ihn hingebungsvoll an und legte ihn dann in die ausgestreckte Hand ihrer Tochter, die ihn schnell in einen Beutel tat, der an ihrem Gürtel hing.

Als Eliana ins Lager zurück kam, war alles gepackt und verstaut. Die Gefährten sahen sie erwartungsvoll an.

„Es ist vorbei! Die Hexe Edna ist fort und wird niemals mehr zurückkehren!"

Sofort fingen alle an zu reden, so dass ein Stimmenge-
wirr anschwoll, in dem niemand mehr sein eigenes Wort
verstand.

Ein Sott stupste Eliana am Bein.

„Was ist mit unserem Bruder, wer macht ihn wieder
normal?"

Daraufhin ging Eliana zum Riesen, berührte ihn und mit
einem lauten Aufschrei seinerseits, schrumpfte er wieder zu dem Sott, der er einst war. Die Freude seiner Brüder war unvorstellbar.

Fred ging auf Eliana zu und hielt seine Hand auf. Verblüfft über sein Wissen und doch wohlwollend nahm sie
den Kristall aus dem Beutel und übergab ihn an Fred.

Er sagte:" Für dieses DING mussten so viele schon ihr
Leben lassen und wir wissen nicht mal genau, ob wir
nicht den Tod mit in unser Land nehmen, wenn wir ihn
zurückbringen."

Cloe ging zu Fred und besah sich nun auch den Kristall.

„Das war es nun, dafür all das?"

Zwei Tage blieben sie im Dorf am Sottwald. In den zwei
Tagen war kein Sott mehr zu sehen gewesen. Nachdem
die Ausrüstungen gesäubert, sich die kleine Armee ausgeruht und nach und nach eine bessere Laune sie alle
erfasste, nahmen sie von der Dorfbevölkerung Abschied
und machten sich auf zu Ihren Königen, in der Hauptstadt.

Einer von Karls Rittern war schon aufgebrochen, um ihren Erfolg und ihre Ankunft beim König zu melden.
Bei jedem Nachtlager holte Wolf sein Musikbrett hervor und spielte für den Löwen und dem Schützen ein Lied zu gedenken.

Dann standen sie endlich vor den Mauern der Königsburg. Die Wachen hatten sie längst ankommen sehen. So mussten die Gefährten nicht warten bis man ihnen das Tor öffnete. Verstaubt und müde erreichten sie den riesigen Burghof als auf einmal Fanfaren schmetterten.
Ein Mann in schlichter aber eleganter Kleidung kam auf sie zu, gefolgt von einigen Männern der Königsgarde. Aber es war nicht Gother, der auf sie zulief, es war König Hagen. Der lief auf seine Landsleute zu und ohne zu zögern riss er Wolf in seine Arme und drückte ihn so fest, dass der Waagemann einen leisen Seufzer von sich gab. Dann ließ Hagen von ihm ab, schnappte sich Lisa und zog sie fest, jedoch nicht ganz so fest wie Wolf, ebenso in seine Arme. Das wiederholte sich nun bei neun seiner Untertanen. Den Rittern von Kataron reichte er jedem einzeln die Hand und legte Ihnen seine Hand aus Dankbarkeit auf die Schulter. Als er vor Karl stand, musterte der König ihn eindringlich.
„Guter Mann."

Dann lachte Hagen und schlug Karl seine Hand auf den Oberarm, dass Karl einen Moment taumelte.

Zu guter Letzt und weil sie mit dem Kind nicht in das Getümmel der Männer geraten wollte, stand der König vor Magda, die ihr Kind vor ihrer Brust wiegte.

„Ein Kind von einem Skorpion und einer Fische." sprach Hagen. Er nahm ihr vorsichtig das kleine Bündel ab. Küsste dem Kind die Stirn und dann hielt er es über seinen Kopf in die Höhe.

„Das, meine lieben Freunde, ist unser Neubeginn. Ich übernehme seine Patenschaft und er soll den Namen des Mannes tragen, der für Ihn und für uns alle starb – Dirk."

Magda weinte herzzerreißend. Hagen gab ihr ihren Sohn zurück und nahm sie vorsichtig in den Arm.

In Zwischenzeit erschienen auch König Gother und Königin Helma im Burghof. Auch sie gingen zu allen Kämpfern, klopften Schultern, lobten, lachten.

Die Menschen zogen in die Burg ein. Drei Tage wurde gefeiert, diskutiert, Pläne geschmiedet. Die Könige ließen von ihren Ministern einen Vertrag aufsetzen, der die Freundschaft der beiden Völker bekräftigen sollte.

„Aber was ist nun mit der Hexe? Und Hector, wir können ihn doch nicht im Felsen lassen." wollte Königin Helma wissen.

„Das weiß niemand. Wir müssen auf der Hut bleiben. Aber ohne Kristall ist sie machtlos. Und sobald das Volk von Zodiac dem zustimmt, und ich bin überzeugt, dass es das tun wird, wird der Kristall zerstört werden. Und wenn das geschehen ist, ist Hector frei. Aber das ist dann ein Problem, schöne Königin, das ihr für Euch lösen müsst." antwortete Hagen.

Ein kleiner Wagen mit zwei Eseln fuhr auf das Burgtor zu. Die Wache schaute sich den Kutscher an und lächelte ihm freundlich zu. Einen kurzen Blick unter die Wagenplane und das kleine Gefährt konnte passieren.

Hagen schlief traumlos. Die Ereignisse der letzten Monate hatten ihn altern und müde werden lassen. Der schwere Wein am Abend tat sein Übriges. Ein leises Knarren war zu vernehmen, dann ein zartes Trippeln auf dem Holzboden. Hagen rührte sich nicht. Dann mit einem Satz sprang er mit gezücktem Dolch der Person entgegen, die es geschafft hatte, an den sicher schlafenden Wachen vorbei zu kommen.
Die Dolchspitze war nur Millimeter vom linken Auge der Person entfernt, der rechte Arm schmerzhaft auf den Rücken gedreht. Der Eindringling gab eine viel zu hohen Ton von sich, als das es sich um einen Mann hätte handeln können. So zog Hagen das Bündel zum Fenster, wo

der Mond soweit schaute, dass man etwas erkennen konnte.

„Sahra."

Mehr brachte Hagen nicht hervor. Keine Vorwürfe. Keine Fragen woher sie kam. Er hielt sie nur vor sich im Mondlicht. Sie war gekleidet wie ein Knappe, die Haare unter einem übergroßen Hut verborgen. Noch schaute sie eingeschüchtert von dem Angriff. Aber schon lächelte sie. Und als Hagen Ihr den Hut vom Kopf nahm und sich ihr Haar wie eine Welle von Sinnlichkeit über ihren Oberkörper ergoss und der Mond ihre Schönheit erstrahlen lies. Gab es keine Worte mehr. Hagen schob eine Hand hinter ihren Rücken und mit der anderen unter ihre Knie, hob sie auf und trug sie in sein Bett.

Sahra von den Männerkleidern zu befreien empfand Hagen weniger kompliziert, als die Frauenbekleidung, mit all ihren Schnüren und Knöpfen.

Er hatte sich immer versucht vorzustellen wie Sahra in ihrer Nacktheit aussehen würde, die Realität kam seinen Träumen gleich, sie war vollendet. Aber Angst hatte sie, das konnte er deutlich spüren. Wofür er Verständnis hatte und versuchte diese durch Zärtlichkeit zu mindern. Nur ein Zurück gab es nun nicht mehr. Sie erwiderte seine leidenschaftlichen Küsse, seufzte unter seinen Zärtlichkeiten. Dies gab ihm die Gewissheit, das richtige zu tun. Als er dann in sie eindrang, ließ er sich Zeit, um ihr die Zeit zu geben. Eine Träne rann ihr über die Wange, er küsste sie fort. Ein Schmerzseufzer drang aus ihrer Kehle, er streichelte ihre Stirn.

Und als sich ihr Körper an seinen gewöhnt hatte, kam sie ihm entgegen. Ihre eigene, solange unterdrückte Lust überwältigte sie. Die Erfüllung als er sich in ihr ergoss kannte keine Grenzen. Als ob der Schmerz eines Jahrtausend von ihm abglitt.

Ein Dolchstoß mitten ins Herz, so muss es sich anfühlen, wenn man getötet wird, dachte sie.

Der Schmerz ließ nach ein paar Augenblicken nach. Sie hatte fest geschlafen, als der Stoß sie traf. Das ist dein Ende Edna. Der Thronfolger ist gezeugt. Noch nicht geboren, aber nun bleibt nicht viel Zeit, noch einmal alles zu wenden.

FSC
www.fsc.org

MIX

Papier aus ver-
antwortungsvollen
Quellen
Paper from
responsible sources

FSC® C105338

Herstellung und Verlag:
BoD - Books on Demand, Norderstedt
ISBN 978-3-7386-1951-5